天狗文庫

司马辽太郎
1923—1996

毕业于大阪外国语学校，原名福田定一，笔名取自「远不及司马迁」之意，代表作包括《龙马奔走》《燃烧吧！剑》《新选组血风录》《国盗物语》《丰臣家的人们》《坂上之云》等。司马辽太郎曾以《枭之城》夺得第42届直木奖，此后更有多部作品获奖，是当今日本大众类文学巨匠，也是日本最受欢迎的国民级作家。

[日] 司马辽太郎 —— 著
郭娜 —— 译

司马辽太郎作品集
SHIBA RYOTARO WORKS

最后的忍者

しばりょうたろう
SHIBA RYOTARO WORKS
最后的忍者

重庆出版集团 重庆出版社

Saigo no Igamono by Ryotaro Shiba
Copyright ©1986 by Yôkô Uemura
First published in Japan in 1986 by Kodansha Ltd.,Tokyo

Sengoku no Shinobi by Ryotaro Shiba
Copyright ©2007 by Yôkô Uemura
First published in Japan in 2007 by PHP Institute,Inc.,Tokyo
Simplified Chinese translation rights arranged with Shiba Ryotaro Kinen Zaidan
through Japan Foreign-Rights Centre/Bardon Chinese Creative Agency Limited
Simplified Chinese translation copyright ©2024 by Chongqing Publishing House Co., Ltd.
All rights reserved.

版贸核渝字(2023)第122号

图书在版编目(CIP)数据

最后的忍者/(日)司马辽太郎著;郭娜译.—重庆:重庆出版社,2024.1
ISBN 978-7-229-17959-5

Ⅰ.①最… Ⅱ.①司… ②郭… Ⅲ.①中篇小说—小说集—日本—现代 Ⅳ.① I313.45

中国国家版本馆 CIP 数据核字(2023)第 171521 号

最后的忍者
ZUIHOU DE RENZHE

[日]司马辽太郎 著 郭 娜 译
责任编辑:魏 雯 许 宁
装帧设计:谢颖设计工作室
责任校对:杨 婧

重庆出版集团 出版
重庆出版社

重庆市南岸区南滨路162号1幢 邮政编码:400061 http://www.cqph.com
重庆出版社艺术设计有限公司 制版
成都国图广告印务有限公司 印刷
重庆出版集团图书发行有限公司 发行
E-mail:fxchu@cqph.com 邮购电话:023-61520646
全国新华书店经销

开本:890mm×1230mm 1/32 印张:10.5 字数:230千
2024年1月第1版 2024年1月第1次印刷
ISBN:978-7-229-17959-5
定价:64.80元

如有印装质量问题,请向本集团图书发行有限公司调换:023-61520678

版权所有 侵权必究

目录 / Contents

001	外法佛
039	天明画师
075	行刺芦雪
105	霍然道顿
141	雇佣忍者
175	忍者四贯目之死
193	伊贺忍者
253	伊贺四鬼
278	最后的伊贺忍者
310	译后记
312	附录　司马辽太郎年谱

佛法外

（一）

二月的风吹过衣笠山，又吹过中御门大道，于是白色的路面上处处结出了薄冰，冰面倒映出蓝色的天空。僧都惠亮用余光漫不经心地扫过眼前的风景，然后在两个下人的服侍下准备登上牛车。近来身体又开始发福，上车下车都不利索了。下人摆好踩凳，结果他一条腿站上去后，另一条腿却怎么也抬不起来了。

"罢了，用爬的吧。"

虽然有些难看，但他还是连滚带爬地往牛车上拱，双脚悬空的样子就像一只吊挂在枝头的芋虫。

"快，快来扶住我。"

就在惠亮惊叫出声时，一双手托住了他的腰和屁股，那双手又细又软，却撑起了惠亮下坠的沉重身体，不一会儿便将他推进牛车。

"痛！"

惠亮看向那双托着自己屁股的手，纤细白嫩，手掌握成拳，指节深深嵌入惠亮松弛的皮肤，吃痛的惠亮下意识叫喊出声，而那双手也过意不去地松开了拳头。

惠亮在牛车里转了个身，脸朝向入口处，待反应过来又是一阵惊叫"不是……下人啊!"

那人忽然就从旁伸出雪白的双手,站在一边的两个下人只能呆呆地看着那双手的主人,莫不如说,那人美得让人忘了上前制止。下人们在惠亮的惊呼声中才意识到自己的失职,连忙出手制止。

"等等!"

惠亮屏退下人,打量起那个人。是个女人,二十五六岁的样子,一身白色巫女的装束,腰间别着神木。七条大宫川胜寺一带有许多巫师,这人看起来是个巫女。惠亮再次打量起她,"你叫什么名字?说来听听,我们也算有缘。"

惠亮的语气有些高傲,他不是个傲慢无礼的人,只不过僧都这层身份对那些市井巫女来说是高不可攀的存在。最后,他还让那女子"但说无妨"。

"……"

女子没有说话。她瞪大双眼直勾勾地盯着惠亮,既不是气恼,也不是害羞,只是一动不动地看着他,眼神热切,仿佛在看一件来自大唐的珍品。

"我脸上有东西吗?"

"没有。"

女子摇摇头,"小女名唤青女。——方才您说我们也算有缘,此话当真?"

僧都惠亮觉得此女这话问得有些奇怪，他没有正面回答，而是继续问她：

"家住何处？"

"家住安乐坊。我有一事相求。"

"干什么的？"

一阵风吹过，女子的双眼微微颤动，连僧都惠亮看了都觉得甚美。虽说是僧人，但与如此美丽的女子说说话也不是什么不悦的事。

"我是巫女，也不算是，我不属于任何神宫，只是在街市上替人招灵。——我能求您一件事吗？"

"何事？"

话一出口，不知为何惠亮心中感到一丝恐惧。惠亮看着女子，她细长的眉梢带着温和的笑意，但就跟刚才一样用不变的三白眼瞳直直地盯着他。

不可能吧，这大白天的……

惠亮摇摇头。

就算不是妖怪，偏生出这样一双眼瞳，还是别跟她这种人有什么牵扯。

"来人。"惠亮仰起头唤来下人，然后抬了抬下巴，于是，牛车缓缓出发了，惠亮坐在车里，那张大脸也跟着抖动起来。

女子盯着那张抖动的脸，站着一动不动，并开始喃喃自语。

"我还会去找您的，别忘了安乐坊的青女。"

眼前的景象渐行渐远，女子这才郑重地低头行了一礼。

（二）

回到坂本的僧坊，从弟子、坊官到杂役，僧都惠亮忙里忙外将所有人都动员起来。从今天开始就是惠亮生死攸关的关键时期，甚至赌上了他僧人的身份。

惠亮这次的命数全握在太政大臣藤原良房手中，良房今日将惠亮请到自家府邸就是为了这事。面对突如其来的提携，惠亮着实高兴不起来，心中充满了不安。良房脸上长着薄薄的胡须，他颔首说道：

"不会是不愿意吧？"

惠亮脸色苍白，一边努力抑制身体的颤抖一边回道："这是无上的光荣"，并低下头表示"誓死完成任务"。

这就是遇到安乐坊青女那天发生的事。

良房要他利用台密的法力祈祷他女儿明子之子，也就是当今文德天皇的第二皇子登上皇太子之位。

明子妃生下的皇子就是惟仁亲王，是个出生不过九个月的婴孩。

册立太子本没什么年龄限制，但问题是当今天皇已有惟乔亲王这个皇子，惟乔亲王是惟仁同父异母的兄长，从长幼秩序来说理应册封他为皇太子。惟乔今年春天就满十四了，深得天皇宠爱。

皇长子惟乔亲王聪明伶俐又深得圣宠，对于辅佐天皇的重臣太政大臣良房来说自然是可喜可贺之事，唯一让良房不满的就是惟乔亲王的母家并不是出自藤原一族。

惟乔亲王的母妃叫道子，是纪氏族长纪名虎之女。说起纪氏，也是在朝臣中地位颇高的名门望族。纪氏一门有不少达官显贵，纪名虎本人也是出了名的强势且精通谋略。倘若让他坐上天皇外祖父的位置，那么多年来致力在朝中培植势力的藤原一门将会遭受沉重的打击。

就是在这样的情势下，良房之女明子诞下了皇子惟仁亲王。

就算赌上藤原一门的名誉也要将纪氏的皇长子外孙拉下来，让这个九个月大的婴孩坐上皇太子之位。

这当然不是什么光明磊落的事情，藤原氏自己也很清楚这样卑劣的行径会给本就羸弱的天皇带来巨大的痛苦。但对良房来说，万乘之尊的天子不过是自己的侄子，且把这个侄子扶上帝位的正是藤原一门，因此良房才会提出这么露骨的要求。

天皇深感为难。在天皇看来，良房及其背后的势力无疑是可怕的，但若纵容他们得逞，纪氏一族的怒火届时恐怕也不好平息。除了政治上的考量，更重要的是陪伴了他十四年的皇长子甚是讨人喜爱，父子之情甚笃，加之也无法不去顾念其母道子在枕边的哭诉。

良房每每提及此事，天皇都脸色苍白神色不安，甚至全身发烫，良房也因此终于愿意作出让步。他向天皇与纪名虎提出一个方案，双方从北面武士中各挑选一名骑手比试十次赛马，谁赢了就册封谁家的外孙为皇太子。天皇与纪名虎无奈之下只得接受这个提案。

藤原氏是白马。

纪氏是栗色马。

赛马的地点定在右近卫府以东，造酒司以北的广场。每天赛一场，十日后决出胜负。时间定在天安二年（858）三月二日午刻吉时。太政大臣良房要僧都惠亮做的就是让栗色马在这场比试中输给白马。

（三）

太阳初升不久的一个清晨，那个女子来了。坂本的林子笼罩在琵琶湖飘来的浓雾中，林子湿漉漉的，宛如经历了雨水的洗礼。

"那人说是安乐坊的青女。"通报的寺僧说道。

"让她在山门下等着。"

这里虽是惠亮的寺坊，但同比叡山一样避讳女子。

惠亮行至山门时，那女子头戴高顶面纱斗篷站在山路的十一级台阶下，身边还有一位女童。她黄绿色的小袖染上了杉木丛的湿气，仿佛一只前一刻才从地底冒出来的美丽的昆虫。

虽然感应到惠亮下来了，但她那细长的双眼仍注视着日枝明神的方向，惠亮只能看到她小巧的侧颜。就在惠亮行至最后三级台阶时，女子听着脚步声就像算准了似的转过身来，"嗯……"

惠亮觉得脚踝开始轻微战栗，膝盖不知怎的也变得瘫软无力。

女子没有说话，只张了张嘴。

女子的唇瓣娇艳欲滴，惠亮看着她湿润的唇纹，不知为何想起了一个幼童。直到数年前，惠亮每夜都会爱抚那个幼童，抱起他就能闻到他身上的味道，像捣碎了的龙胆草根。这个女子身上似乎也散发着那样的味道……

"我为我前些日子的无礼向您道歉。"女子笑着说道。惠亮爬满褶皱的脸上露出极其不悦的表情，"你在此处让我很为难。"

或许在世人眼中，这对男女正在做什么见不得人的勾当。这个女子营造出一种亲密暧昧的气氛，抑或是惠亮自己在如此奇妙的气氛中滋生出这样的心境。惠亮的膝盖瘫软无力地弯曲着，正欲坐到石梯上时，女子向女童使了个眼色，女童连忙爬上石梯，拿出浅绯色的包头衣垫在惠亮身下。惠亮肥硕的身体落座在那件包头衣上，他闻到身下传来的淡淡清香。

"何事？"

"也没什么事。"

女子笑了，她又朝女童抬了抬小巧的下巴。女童打开一个没有任何装饰的朱漆盒，拿出三个圆圆的东西放在盒盖上。

"尝尝吧。"

"喃，这倒是稀奇玩意，是大唐的点心吗？"

惠亮十分钟爱这样的点心。

"是饼脓。"

女子露出试探的微笑。这饼脓是把鹅肉或鸭肉混着各类蔬菜包在年糕里的一种点心。果然，正欲伸手接过饼脓的惠亮停下动作，"这个不能吃，会犯下杀生之戒。"

"您过于谨慎了，这里已是结界之外。"

"戒律不分结界内外。"

话虽这么说，但女子看着惠亮一直滚动的喉结，扬声笑起来：

"您快用吧，喏，这里没人看见。"

女子仿佛在哄年幼的弟弟，用手指夹起一个浸出油的点心，"来，快吃吧。"

"可以吗？"

明明可以拒绝，但惠亮这次却想接受这份小小的心意，他张开厚厚的泛黑的嘴唇，女子则顺势将饼脓一口喂进那口黄牙下沾满唾液的嘴里。

"再来一个，如何？"

"话说……"

惠亮一边吃一边问：

"究竟何事？"

"今日不谈也罢，毕竟向惠亮大人这样的高僧奉上自己的心意更令人开心。"

真是巧言善辩的女人。

惠亮抬头向天空望去。林子上空，天色渐暗。

"快要下雨了，无事的话便回吧。"

"听说您要插手册立皇太子一事。"

惠亮因女子突如其来的话大吃一惊，他惊讶地抬起双眸。

这女子是如何知道的？

女子仿佛看穿了惠亮的心思，"京城的大街小巷就没人不知道的，我正想向您打听此事，您知道对手纪名虎这次的护持僧是谁吗？"

"不知，是谁？"

惠亮的兴趣终于被勾起来了。对方肯定会选与藤原氏的天台僧相抗衡的真言僧。究竟会选谁呢？这是惠亮当下最关心的事，已困扰他数日。

"那人是谁，快说！"

"柿本纪僧正真济大人。"

"真济……"

惠亮睁大双眼望向天空。若是教王护国寺的真济，此人神通广大，不论是台密还是真言密，但凡修行密教之人没有不知道的。

"果真是真济僧正？"

惠亮看向女子的眼里充满恐惧。

"那么,护摩坛设在何处?"

"东大寺(教王护国寺)。"

"你……"

惠亮抓住女子的衣袖,"你为何会知道这些?"

此话一出,他立刻将手指抠入喉咙,慌忙将方才吃下去的饼胨连同胃液一同催吐出来。

"你是奸细吧,故意让我吃下荤腥之物削弱我的法力。"

"像惠亮大人这样的高僧即便吃下荤腥之物,法力也不会减退。没有任何人指使我,是我自己太喜欢惠亮大人了才遣人四处打探您的消息。况且,我有事相求,若能帮到您分毫亦是我所愿。"

"此言不虚?"

"千真万确。"

"那你所求何事?"

"惠亮大人这副模样好可怕,我可说不出口了。——后会有期。"

女子催促女童转身离去,雨滴滴在她背上,很快形成一个个斑点。青绿色的雨帘变成一道障碍,将惠亮与女子隔绝开来。那女子在不经意间回头掀起了斗篷向惠亮点头示意,斗篷下,她看向惠亮的脸绽放出灿烂的笑容。那女子的视线是如此炽热，炽热到惠亮只能用手遮住脸庞。惠亮透过指缝偷偷看向女子，女子的眼神中闪烁着青色的光芒。

"啊！"

惠亮慌忙起身头也不回地爬上石阶，最后一步仿佛踩在半空中，慌乱的样子好像年轻了许多。

四

"那人就是妖物。"

坊官石上黑绪说道。

黑绪低头跪在惠亮屋外，瘦弱的肩膀暴露了他此刻急切的心情，如果可以的话，他会爬到惠亮身边抓住他的膝盖，若不能改变他的心意说不定还会大打出手。可惠亮仍然只是瞪着眼睛发呆。

"是吗？"

惠亮喃喃自语，自己确实被那女子的双眼所吸引，虽然自小在僧房长大，但这种事他还是清楚的。

"愚蠢。"

黑绪露出嘲讽的表情，"您与那女子在一起的样子，我在山门柱后都看见了。我是个俗人，除了家里的女人之外还识得几个女子。她们眼中不会有那种邪魅之色，那女子定是妖物之流。"

黑绪的父亲自小就养在惠亮的母家北大路藤原家，惠亮九岁出家遁入比叡山时，黑绪作为陪侍一路跟随惠亮上了比叡山。后来，惠亮成为一寺之主，黑绪说不上来是坊官还是杂役，总之就这样一直伴随在惠亮身旁。

年少时，他与惠亮曾有过共同的时光，他们一同嬉戏，捉迷藏。人到中年后，僧侣之间无法说出口的诸多不如意，惠亮也只会同黑绪说。虽是平庸无能之辈，但只要是惠亮的事，黑绪就会变得焦虑，浑身不自在，必定拼死维护。惠亮有时觉得这样的黑绪很好使，有时又恨不得将其碎尸万段，而此刻就是如此。

"现在说这些也无济于事。那女子究竟是妖物还是奸细，差人去查查吧。"

"这事不用您吩咐，我已经差人去京都打探她的身份与行踪，但最要紧的是您别再跟那女子有任何往来。"

"她要来也没办法。"

"山门处有僧兵，完全可以将她们打发走。对您来说，现在该操心的不是这个，我们的对手真的是教王护国寺的真济？"

"那女子是这么说的。"

"您有信心赢过他吗？"

黑绪不知何时已将膝盖跪进了惠亮的房中，"有吗？"

"这世上有已经认输而登上护摩坛的祈祷僧吗？"

坐在蒲团上的惠亮粗眉紧锁，眼含怒气。

"您终于恢复往日的样子了。"

黑绪高兴地喊起来。

"您终于回来了。距赛马之日还有十天，现下只有严守戒律，若是输了，何止是藤原一门失势，连主上的僧都之位都会被纪氏所夺。"

翌日，惠亮上了比叡山。

他决定将祈祷之地设在根本中堂，并开始布置祈祷场地，准备用具、装饰佛堂、安排人手等，面面俱到，毫无遗漏。中堂内部十分昏暗如同置身山谷谷底，铺着地砖的地面透着寒气。惠亮终日信步在一排排神佛之下指挥着众人，简直与黑绪说话时的样子判若两人。惠亮大眼宽鼻，他的眼睛映照在堂内的烛火中，仿佛萤火虫在闪烁跳跃，任谁都能感受到台密祈祷僧强大的气魄与威严。

惠亮已全然忘记女人的事，还有与黑绪的对话。不愧是九岁入山以来，一直在慈觉大师的教诲下成长的惠亮，一旦投身此处，整个人似乎都变了，周身只能感受到威严的佛门戒律。此刻，这样的惠亮正踱步在冰冷的砖地上。

无数盏灯火就像须弥山上的星星闪烁在惠亮四周，即便如此也无法驱走中堂的昏暗。黑暗与特有的寒气甚至改变了惠亮的想法。

譬如，现在能否护佑藤原一门全系于自己的修为之上，这个念想让他在这寒气逼人之地变得热血沸腾。

惠亮不知出生九个月的皇子是什么模样，他也不想知道。他只知道那个长得或许像猴子一样的婴孩是沦为庶子还是登上皇太子之位，全系于自己的念力。这个念想生出了强烈的悲壮感，让他全身汗毛直立。

僧人的修行源于读万卷经书，行千回朝圣路，但这些无法改变僧人也是一介凡人的事实。唯一能做到的是当你端坐修行之时，心中会生出另一个自己来。此刻的惠亮就是例子，当初应下良房为赛马祈祷的请求时只觉得郁闷，于他而言仿佛是一场灾难。

良房这么做的理由只有一个，惠亮是藤原同族的僧侣中资历最老的密教修行僧。纪名虎选择同族的柿本纪僧正真济也是出于同一理由。一门的祈祷要由同族的僧侣来完成是一直以来的惯例。

对惠亮来说，比起荣耀，良房架在他肩上的重担更像灾难。那时他有些不知所措，离开良房的宅邸后就遇见了那女子，之后又见到了黑绪。然而惠亮一步入中堂，长年在僧堂养成的习性让他涌出修行僧狂热的热血,就连惠亮自己也没察觉到有任何违和之处。

五

翌日,中堂内威严庄重的惠亮与那女子重逢时,彻底变回了凡人惠亮。

天色渐晚,山上的工作意外地变得棘手起来。他未带随从,匆匆踏上返回坂本的小路。每回拐过一个路口就能看见湖,那时惠亮的脸总会变得红彤彤的,或许是残阳映照在湖面上的缘故。

"惠亮大人!"

从右侧的丛林中忽然传出一个声音,接着出现一张白净的脸,正是安乐坊的青女。

女子身旁有一座小小的祠堂,里面供奉的是大山神。这大山祠的祠堂相当于佛域的结界,上山的石阶从这里开始禁止女子踏足。那女子刚好就隐藏在这结界边上。

"是青女吗?"

惠亮没觉得惊讶,反而有些避讳地压低声音问道。这把岁数的惠亮竟然双颊通红,像极了山脚村头那些在野外私通快活的毛头小伙。

"你是偷偷来寻我的吗?"

这是第三回了,惠亮第一次说出那么直白的话,女子已经毫不怀疑惠亮对自己的心意。宫廷里也有不少思慕僧侣的女子,惠亮也遇到过几个,何况这个名唤青女的女子是个巫女,比起普通女子,自己身着黑色法衣的圆顶模样对她的吸引力更大。惠亮看着矮竹丛中那张白净的脸,觉得甚是惹人怜爱,于是向她靠拢过去。

"快藏好。"

女子拽住惠亮的袖子,将他一同拉入自己藏身的矮竹丛中。

惠亮揽住女子的腰,女子有些抗拒,眼下已快日落西山。

"等等!"

女子低声回应。

"趁天色还没黑尽,我想再看看你的脸。"

"这样啊。"

惠亮愉悦地伸长脖子,女子也伸出双手捧起他的脸,包住脸颊的手掌是冰冷的。而此时死去的记忆却在脑中苏醒。年少时,他似乎也曾在一名女子的引导下与之有了肌肤之亲。

"真好看啊。"

女子盯着这张脸叹了口气,惠亮却生出一种羞耻感,就像一个毛头小伙在年长女人的爱抚下生出的羞耻心。

"皱纹多了。"

"真好看……"

女子不停地重复这句话。惠亮很清楚自己不是什么美男子。他的脸很大,整张脸上宽下窄,突然收紧的下颚勉强撑起整个面部。更奇特的是,他那双眼睛吊在整张脸的中下部。乍一看,只有额头与鼻子很醒目,而眼睛则紧贴在下颚上方,可以说是特别奇异的长相。

"这张脸真的好看吗?"

惠亮展开笑颜。

"真的。"

女子点点头,忽然将小脸凑上去亲吻惠亮的脸。那小巧润滑还带着暖意的舌头湿润了惠亮的额头、眼睛、鼻子。终于,那小东西来到惠亮的唇边并探入其中。

惠亮咬住了芳唇。

"痛!"女子说道。

这或许是惠亮第一次如此主动,他冲动地抱起女子的腰。那细得不可思议的腰肢扭动着,想要挣脱惠亮的手臂。

惠亮一时不知所以,女子凑到惠亮的耳畔轻声低语:

"你查我了吧?"

"啊,这个……"

惠亮的脸变得通红，好像做了什么背叛女子的事。惠亮自己也没意识到何时在这女子面前变得如此卑微。

"那是坊官自作主张，我并不知情。"

"那您还满意吗？"

"这……"

"在安乐坊提到青女就没有不知道的，在朱雀大街以西的巫女中，没有比我更声名显赫的了。所以我没有任何理由去做别人的奸细，也没穷困潦倒到要去帮别人来加害您。"

"很抱歉，这些黑绪都已经告诉我了。"

"我只是想亲眼见见您追随您，并不是因为别人的指使。"

"我很抱歉。"

惠亮垂下肥硕的脑袋。女子在他的臂弯中扭动着，他急切地渴望那具雪白的胴体。

"我不需要您的道歉，我只想让您明白。您不知道，自从一年前在京城的街边遇见您后，我就跟在您的车辇后，或是偷偷潜进您的院子里，我很痛苦，我只是想要您而已。"

"我也想要你。"

"等等！"

女子挣脱惠亮压下来的身体，"您想要这身体，我随时都可以给。但我想要的与您想要的不一样。"

不知道是不是错觉，女子的眼睛在黑暗中闪闪发光。

"怎么不一样？"

惠亮的声音中透着急切。

"在我说出来之前，您能答应我吗？"

惠亮没有开口，松开了正欲抱住女人的手。他有些害怕。

"能答应我吗？"

"我不知道。"

"不知道也没关系。其实不是什么要紧事，也不会给您带来麻烦，我只是想听您说声好而已。"

女子的左臂缠上惠亮的脖子，右手轻轻地抓住惠亮的手腕。惠亮任由她摆布着，女子的手所到之处带来温暖的肌肤触感。惠亮的手剧烈颤抖起来，禁欲太久的他此刻已被扰乱了心神。

女子含着笑，"把口水咽下去吧。"

惠亮咽了咽口水。

"继续。"

惠亮又咽了咽口水。

"把眼睛闭上。"

惠亮任由女子摆布着。黑暗之中，女子注视着惠亮：

"答应我。"

惠亮的唇一边落向女子的脸颊，一边默默地点头。

"再说一遍。"

惠亮点了好几次头,女子也随之开始宽衣解带。就在惠亮进入女子的身体时,吹过矮竹丛的风停了,只剩一片深不见底的黑暗。

(六)

这天,矮竹丛中的惠亮摇身一变,变成另一个端坐在中堂护摩坛上的惠亮。

护摩坛中央燃着熊熊烈火,火焰中间趴着一头纯白色的牛,牛背上端坐着深红色的六面六臂大威德明王绘像。他一手持剑,一手握刀,一手抓环,一手拿杵,朝着惠亮怒目而视。

惠亮盘腿而坐,两脚各自放在小腿上,他用手结印,口诵经文,时而怒号,时而愁诉。除了诵念经文的声带与紧握独钴杵的五指还留在原地之外,惠亮肉身的其他五脏六腑都已升华至虚无之境。

此刻的中堂之外,石上黑绪正附耳在门扉上,他的身体因惠亮时而发出的怒涛般的诵经声而颤抖。

"哎哟,哎哟!"

黑绪不停地哀嚎，惴惴不安地候在堂外。在中堂打杂的堂众一出来见他这副模样不满地问：

"你这是病了吗？"

"没。"

黑绪拽住堂众的袖子问：

"里面情况如何？"

"不愧是慈觉大师的高徒，惠亮僧都的修法让听者闻之颤抖。明王一定会感应到的。"

"太好了，太好了。"

黑绪悬着的心落下了。

"赛马那边还没消息吗？"

"消息应该会从云母坂的方向传来吧？"

黑绪举起僵直的手指了指那个方向。

"一有消息会有探子来报的。"

"真是急死人。"

堂众们一脸不安，这场赛马不仅是藤原氏与纪氏之争，也是天台宗与真言密教赌上了名誉的对抗。

为了传递赛马结果，从皇城到比叡山每隔两百米都安排了人手，若白马胜了，白天则扬起白布，入夜则挥舞火炬，就这样沿着盘旋在比叡山中的云母坂古道将消息层层传递上来。坂上设有前哨，探子会第一时间将消息传入中堂。

第一日，天色渐晚，逐渐笼罩在黑暗中。这一天，山上比往日更冷。祈祷在日落后结束，但始终没有等来白布与火炬。

藤原氏输了。

虽说如此，从中堂返回卧房的僧都惠亮没有去在意这个结果。

他只是觉得很累。

他躺进侍僧为他铺好的被褥中，疲累消融在舒适的棉被里，惠亮的肉身又回来了。他没有输了的感觉。

惠亮感受不到输了。他只是师从慈觉修行从印度经中国传来的拜火婆罗门祈祷之法而已。惠亮遵照仪式燃起烈火，然后凝视火焰，诵念经文，在这个过程中意识逐渐模糊，并在某个瞬间进入人佛合一的妙观之境。

因此，若没有达到预期的效果只有两个原因，一是天台宗的祈祷之法本身就有弱点，要不就是良房所选的白马太过羸弱。

输了啊……

惠亮在被褥中喃喃自语：

"可那不是我的错。"

惠亮像婴孩一样睡去了，矮矮的灯台映照出安详的面容。惠亮是北大路藤原家的次子，自幼就没遭受过什么大挫折。遁入佛门后研习经典，钻研佛法，岁月的流逝只是让他变得愈加富态，却没有在那张安详的脸上留下其他任何东西。惠亮身上并没有一个祈祷僧应有的狂热。

惠亮睡去之后，从比叡山俯瞰京都，石上黑绪正游走在京都之夜的街市中，急切地朝安乐坊赶去。

（七）

狗在叫。

每次听到狗叫，黑绪就开始小跑前行。从朱雀大街一直到西巷，不光夜匪出没，成群的狗也穿梭其中，甚至还有被侵犯而丧命的女人。

踏入安乐坊，街市上的屋宅忽然变矮了许多。家家户户蜿蜒曲折地排列着，腐朽的屋檐下晒着海鱼。黑绪疾驰在屋檐下，有好几次被水沟里油腻的污水沾湿了双脚。空气中飘散着血腥的味道，或许是因为这一带住着猎户。巫女与他们混居于此，彼此厌憎。

黑绪举起火把照亮了青女家的屋檐，上面挂着注连绳，装饰着神木。

黑绪推了推门，门安静地打开了。里面没有掌灯，黑绪出声招呼有人来访,却无人应答。

出门了吧,这大晚上的,还真有不害怕的女人。

黑绪伸出火把一边探路一边小心翼翼地走进去。这里没铺地板,凛冽的寒气从脚底冒上来。传来一股葱的气味,还有女人的气息,黑绪顺着气息踩上了地板。

此处设有祭坛,祭坛后面还有一间房,像是女子的寝室。

黑绪高举火把,在火光下看清了室内的模样,有些杂乱,似乎女子才离开不久。

室内摆着一张床。

包着丝绸的寝具看着像大唐的高级货,用金线绣制而成。黑绪凑近闻了闻,上面还留有女人酸臭的胭脂味。

"我定要查出究竟。"

黑绪一屁股坐到被褥上,专程寻到这里,结果那女人却不知所踪。他笃定祈祷之法没有奏效都是因为这女子,肯定是她在惠亮身上施了什么咒术。黑绪本想查出哪怕任何一点蛛丝马迹就将她押送至检非违使厅,甚至连捆绳都带在身上。

黑绪无趣地扫过四周,这间女子闺房着实没什么特别的。他压低火把照向地面,开始打量室内的陈设,活像趁夜潜进来的贼。

室内角落里有个黑箱子,凑近火把一瞧,是用涂了漆的竹席编制的竹箱,上有两扇对开的箱门,看起来没什么异样。一想到此物许是巫女云游诸国时所背的佛龛等物，黑绪不由心生不快，将其重重扔在地上。

扔出去的瞬间，箱门开了，从里面滚出一活物来。

"啊！"

黑绪吓得大喊。一个拳头大小的黑东西在地板上滚了一圈终于停下来，黑绪将火把凑近一看，影子在火光下跳动闪烁，但那黑东西却一动不动，原来不是活物。

黑绪放下心来，用手指将其夹起来。

是蹴鞠吗？

不是蹴鞠，仔细一看，那个黑乎乎的东西上有双眼睛，还有鼻子和嘴巴，浑身毛茸茸的，是颗已经风干的猫头。黑绪惊惧不已，手一松丢了出去，然后如同因罪恶而恐惧的那些人一样，在黑暗中念起咒语，并不停叩拜，最后将那东西收进了竹箱。

黑绪后背的冷汗都凝结了，他识得那东西。——外法佛。

八

藤原氏与纪氏的赛马已经过去了四日，藤原氏的白马日日皆输。从京城到比叡山顶，守候在各哨点传递消息的探子们只能日复一日地看着日落西山。

护摩坛上的惠亮也日渐消瘦下去。他太累了。因为太累，所以一坐上护摩坛念起经文，立刻就进入了忘我之境。因为太累，声音也多了几分阴郁之气。堂众们深受触动，都低声叹息：

"大威德明王为何感应不到这样的祈祷之法呢？"

日暮时分，惠亮下坛时已站不起身了。侍僧们七手八脚地抱起他的手脚和身体，像抬枯木似的将他抬出中堂，然后用轿辇送回卧房又喂了粥，于是惠亮在日落后不久便就寝了。

总是很快入眠的惠亮在这天夜里久久无法入睡。

身体已经疲惫到极点，一丝力气都没有了，可双眸却很清醒。接连败落的沉重感压在胸口，涌出的不是不屈的斗志，只有无力滑落的泪水。

为什么？

惠亮躺在床上，摩挲着日渐消减的肚腩。

不可能是那个女人在作祟。

"那个女人"说的就是矮竹丛里的罪魁祸首。

惠亮明白僧人应守的戒律，但那只是冠冕堂皇的场面话。惠亮身边的人几乎都有过女人，有的还是公认的法力高强的祈祷高僧。可见，破女戒并不影响修行。释迦牟尼还是伽毗罗城太子的时候就有妻有子。所以人生中有几次破戒不会改变修行僧的本质。

破女戒是山门僧人不成文的潜规则，但绝不能为外人所知。一旦泄露出去就只有一个下场，就是被众僧徒毫不留情地驱逐出山门。还有一点很重要，就是不能动情。对于僧人来说，一生中破女戒的机会屈指可数，终其一生都没有破戒的是不破之僧。即便在某些际遇下犯下女戒，只要没有动情就不会影响僧侣修成正果。这条潜规则与佛门中其他戒律不同，只在同门师兄弟之间秘传，已在比叡山度过大半生的惠亮对此事是再清楚不过了。

惠亮在矮竹丛中抱住了青女，那与爱慕没有丝毫关系，只是不愿放弃这难得犯戒的机会。他不过是借青女的身体发泄体内的欲望罢了。惠亮还是那个惠亮，与以前没有任何不同。惠亮与其他僧人的想法一样，只要没有不同，就不存在犯戒之罪。

——可是，真的没有动情吗？

惠亮在黑暗中噘起嘴，脸上摆出认真的表情，对女子的执念在心中的某个角落挥之不去。或许就是因为这样才让修行僧的法力减退了。

惠亮潜入自己的身体，靠嗅觉寻找女子遗留在体内的体液。是这个味道吗？惠亮执拗地嗅着，气味越来越浓，很快就牢牢充斥了惠亮的鼻腔。闻着闻着，惠亮终于意识到，那温热的味道是属于自己的。惠亮挣扎在自己的气味中，此时，爬过疮疤的记忆如同脓包一样在惠亮的身体里流动。惠亮已疲惫不堪，发热的脑子里浮现出青女雪白的胴体，那么鲜活，那么生动。

"青女。"

惠亮轻声呼唤，倏地又在自己的呼唤声中苏醒过来。睁开眼，漆黑一片，一场空罢了。虚无的黑暗中，就在咫尺之间，惠亮看到了青女白净的脸庞。

惠亮凝视着那张脸，下意识脱口喊出她的名字。惠亮抓住床角，再次低声喊出青女的名字，恐惧也随之消失，情欲使他的身体变得燥热起来。

青女啊——

惠亮自己也分不清那究竟是情欲还是爱慕。他口干舌燥，从床榻伸出双手欲抓住那张虚无的脸，可身体的关节却瘫软无力，无法动弹。

青女，我还想再要一次你的身体。

青女的脸飘浮在虚无的黑暗中，散发着光晕，她在笑，笑起来的嘴唇微微咧开。

"明日祈祷的时候，您将独钴杵换到右手，一定要念青女的名字,我会助您取胜。"

青女的脸在静默的黑暗中消失了,惠亮也沉沉睡去。

此时,一个影子从寝室的地面爬出来,背上背着一个小小的箱子,正是石上黑绪见到的外法佛的佛龛。影子在丛林的黑暗中前行,很快就消失在杉树丛中。

九

那一晚,青女回到安乐坊的家时,东方已露出鱼肚白。她正要踏入家门,忽然有个人冷不丁地搂住了她的腰。

"就是你,你用了邪法。"

青女欲甩开他,一看是个小个子男人,缠在她腰上的双臂颤抖着。青女眼中的这个老男人就是石上黑绪,他今天一早就藏在房檐下,等待青女归来。

自从见到佛龛里的那个东西后,黑绪就去阴阳寮问了相识的阴阳师。那人也听说安乐坊的巫女巫师中有修炼外法的人,那女子恐怕就是其中之一。

"佛龛?那是佛龛吗?那是外法箱,用来私藏修炼邪道之人的念持佛。"

"念持佛是什么?"

"就是外法佛。"

所谓的外法就是邪道,修炼外法之人供奉的是佛法之外的诸神诸菩萨,本尊有的长着猫头,有的长着猴手,还有的是泥偶。

"那可不是简单的泥偶,要在黑夜潜入墓地,集齐七处墓地之土捏成人偶,还要经千人踩踏来注入邪法。身为阴阳师,我是不信那些咒术的。"那个阴阳师说道。

黑绪深有同感,女子用外法咒术扰乱惠亮的祈祷,即使严加拷问逼出真相,最后也只能押送检非违使厅。所以,黑绪连捆绳都准备好了。等在屋檐下时,他甚至做好了心理准备,万一出现无法控制的局面就一刀结果了她。

"别声张。"女子说道。

"你是惠亮大人的人吧,先进屋坐下慢慢说,你会明白的。"

"少诓我。"

"唉,我没骗你。"

进屋后,女子在祭坛前递给黑绪一个草垫。

"我修炼外法,有人相求就替人念咒祈祷。我以此为生,几乎都待在京城,偶尔游历诸国。你知道我游历诸国是为了什么吗?"

女子盯着黑绪的脸,似乎并不期待他的回答,她的眼神很快飘向洒下朝阳的窗边,"找人。不只是我,修炼外法的巫女都在找那个人。——一个万中挑一的人。"

"那个人就是惠亮僧都大人?"

"是的。"

"为了男女之事?"

"是吧。"

女人眯起眼,曲起膝盖,眼梢流出的笑意竟让黑绪觉得很美,不禁忘了呼吸。

"可是……"

"再过一个时辰,今日的赛马就要开始了。再不回山就赶不上今日的祈祷了。我与僧都大人的事是我二人之间的约定,对于僧都大人来说也是如此,他没有妨碍任何人。"

⑩

那日,时辰一到,比叡山上的惠亮就落座于护摩坛,而在山下的京城,皇城右近卫府前的广场上,卫府卫士各自牵着藤原氏的白马与纪氏的栗色马并排站着。

广场围着矮墙,两匹马沿着矮墙赛跑。赛制没有规定跑马的距离,不但可以中途喂食,为了让马儿休息,骑手还可以在中途下马牵行。最后只要在两个时辰里，哪匹马儿跑的圈数多就算谁赢。

骑手上马后，两匹马开始走动起来。为了养精蓄锐，马儿在开始的几圈都只是踱步前行。

山上的护摩坛中，惠亮开始点香。

惠亮疲累不堪，结的法印也常常散掉，有时连诵经的声音都发不出来，只能吐出一口气。

"水。"

侍僧麻利地将水瓢喂到惠亮唇边。

右近卫府的院子里，两匹马儿终于开始跑了起来。

惠亮喝了好几次水，水立刻变成汗打湿了惠亮的身体。

到了晌午，惠亮只啜了几口粥，连粥都觉得难以下咽。

"……"

侍僧见状小跑凑上前，惠亮发出嘶哑的声音却说不出话，侍僧取出纸笔，请他写下来。然而，惠亮不耐烦地摆摆手。

疲乏让惠亮出现了幻听，他只是想挥走那些幻觉。惠亮再次拿起佛珠捻转起来。

下午，使者朝山顶疾驰而来，说是白马衰竭得厉害，眼看就要倒地而亡了。

惠亮睁开双眼，"倒地而亡？"

惠亮眼前出现一幅无比清晰的彩色景象，是白马倒下的模样。

"倒地而亡？是我吗？"

惠亮错乱了，满脑子都是刚才的景象，好像倒在地上的不是白马而是自己。

"我死啦？"

惠亮霍然站起身，"我死了吗？"

他走下护摩坛，也不知道哪里来的那么大力气，一边走一边用力撕开身上的衣物，惊人的臂力一把就将上前制止的侍僧弹飞了。

不一会儿惠亮又回到护摩坛，却没有落座，而是大喇喇地站着，怒视着火光对面的大威德明王绘像。

"……"

他张嘴喊着，声音却游走在唇边发不出来。此时传来一阵骚动，都在喊惠亮疯了。石上黑绪拨开堂众奔入堂内，他忽然从明亮的堂外进来，眼睛还未适应堂内的昏暗，在堂内的行动也因此变得不便。黑绪窥向中堂深处，里面有一团燃烧的火焰，一个几乎裸着上半身的男人手持独钴杵挡在那前面。

"您……"

他跌跌撞撞走下阶梯，堂内很黑，根本看不清楚。此时，惠亮将独钴杵缓缓从左手换到了右手。

"……"

惠亮又张嘴喊起来，在周围人听来，那不过是怪鸟般的叫声，可黑绪却听得一清二楚。

"青女。"

是的，喊的就是青女。然而那竟成了惠亮最后的声音。下一秒，惠亮的独钴杵砸向自己映照在火光中锃亮的脑门，他掏出脑浆涂在香上，然后分三次投入火中，最后终于气绝身亡。

惠亮的脑浆在烈火中燃烧，他在烈火前倒下时，绘像上的太白牛叫了起来，大威德明王也举起宝剑挥起杵，似乎有了感应。

惠亮没有发疯，而是用舍身之法的念力让藤原方濒死的马儿起死回生，甚至在剩下的六天里日日健步如飞，将纪氏的栗色马远远甩在身后，终为惟仁亲王赢得太子宝座，也就是日后的清和天皇。

这期间出现了一个小变数，祈祷胜利方僧都惠亮的遗骸在火葬前不知被何人取走了首级。

"果然，僧都的头是难得一见的外法头。"

山门里见多识广的人这么说。所谓外法头就是头长得像开口的钵，眼睛比双耳位置还低，下颚忽然收紧的面相。生前与此面相者缔结契约，死后取下其首级，埋在人来人往之地六十日，就能让法力生效。

"定是垂涎此物的外法巫女盗走了首级，现在那女人也下落不明了。"

事情到此似乎告一段落了，剩下的事也不了了之。其实这种事时有发生，之后太政大臣藤原公相也因生了颗外法头在死后惨遭被盗。可见，这在当时不是什么稀奇事。

事情发生之后，黑绪始终保持缄默，他恐惧得不敢说话，这个胆小的男人甚至不敢独自再深究到底发生了什么。因为不管是惠亮之死还是赛马奇迹的发生都不是惠亮修行与念力的结果，而唯一接近真相线索的人就是黑绪。

天明画师

（一）

对于与谢家的独生女绢来说，父亲的弟子，年轻的画师松村吴春就是那个让人耿耿于怀的存在。

不是因为喜欢。

不，就是因为喜欢吧。

有时也会蹦出这个念头，只是如此让人生厌的感情真的是喜欢吗？

只要看到对方若无其事的样子就来气，觉得可恨，有时甚至觉得他非常愚蠢。

那个冬瓜脑袋是怎么回事？

真是个冬瓜脑袋，年纪轻轻的就学那些画师剃发出家了。

相貌也不行，眉粗唇厚，活像戏里的恶和尚。

最可气的是老父亲芜村竟对那人赞不绝口："他是天才。"

芜村给自己在摄津池田的赞助人写了信，绢还记得信中是这样介绍那位寂寂无闻的弟子：

此画出自当今天下无双之名士。

吴春才不是什么名士。

绢心里不服,在她看来,父亲芜村那样的人物才是天才。孤高疏离,待人和善,就是远离俗世,生活不能自理,甚至一个人都出不了门,参加附近的法会还会迷路,直到半夜都摸不回家。——那样的人才是天才。

吴春不是。

（二）

那人简直能干得可怕。

不是一般的精明能干,都能去绸缎庄当掌柜了,特别是那双巧手非同常人。

至于他的身世——

绢也不清楚,有些神秘。

绢隐约只知道,吴春幼时与双亲从尾张流落至京城,自小生活困苦。父亲是浪人,在吴春少年时,父母就相继过世,听说母亲还是饿死的。

"听说你家是武士出身。"

绢亲口问过吴春,吴春平日圆滑得体,可那次也难得露出不快的表情。

"我是在九条长大的。"

吴春说完立即又恢复成往常的笑脸。

"京城的九条吗?"

"是,九条的冬瓜地里。"

吴春就这样糊弄过去了,或许少年时代是他不愿提及的往事。

吴春的人生是从十二岁开始的。十二岁那年,因为有不错的担保人介绍,他开始效力于金座后藤。

金座是幕府直辖的货币铸造局,由后藤庄三郎家掌管,大本营在江户,京都也有办事处,在二条东洞院还有一处气派的宅子。

吴春很能干,二十出头就被提拔为手代,专门负责统计新铸小判,甄别其分量的足与不足。

吴春干活儿很老练。

只见手代吴春右手抓起小判飞快地抛向左手,一个接一个,喷射出的黄金仿佛搭起一道艳黄色的桥梁。吴春不是单纯地抛物,他在抛掷的过程中已甄别出劣质小判,将其另作处置,这手法巧妙得只能用神奇来形容了。

吴春在金座做手代时,为了消遣去学吹横笛。结果,仅一个月的工夫就基本记住了曲目,吹奏出美妙的音符。某天夜里，他在堀川河畔的本愿寺火消门吹奏时，本愿寺上人在屋中听闻此曲，不禁感叹：

"何人在吹奏？真乃古今之名手。"

上人为此还特地谴使者欲将人请回来再吹奏一曲，结果，自觉学艺尚浅的吴春羞愧不已，最后竟拂袖而逃了。

那之后，京中的大街小巷便开始流传"火消门鬼笛"的传说，说那笛声是鬼吹的。

这传闻自然也传到了吴春耳中，他觉得甚是愚昧，"笛子这玩意也不过如此。"

于是，自那以后便不再研习这门技艺了。

"去唱谣曲如何？"

可惜这人什么都好，就是嗓音不好听。

画画怎么样？

吴春不经意闪过这个念头，而这个念头闪过的瞬间注定会成为江户美术史上历史性的一刻。

说起这个还有件奇闻轶事。

说的就是吴春在绘画方面的天赋。当时，吴春住在金座后藤的长屋中，这一带盛行地藏盆法会，家家户户都要在屋檐下挂上彩绘的纸灯笼，那上面的彩绘都是出自城中手巧之人。

"金座手代定是巧手，说不定可以拜托他。"

于是，城中之人纷纷上门找吴春求画。

"画画？"毕竟从未画过，吴春思量再三，"罢了，姑且一试吧。"

就这样，吴春开始作画，结果大受好评，吸引了全城的人都来求画。

一百张，两百张……

一张一张地画太过麻烦，最后他干脆同时摆好两张纸，左右两手同时挥毫笔墨，结果画出来的画竟像刻版印刷一样没有丝毫偏差。

正是此次的经历让他萌生出一个念头。

要不去学画画，就当消遣？

"学画画的话，醉月不错。"

听人这么一说，他便去拜访了家住下河原教授绘画的大西醉月。

醉月是个嗜酒的怪人，总是喝得酩酊大醉，吴春前去拜访时，他也只是一味怒嚎：

"金座手代也懂画画？"

丝毫不愿传授他笔法。

不得已，吴春只能放弃学画，于是他又想到了俳谐，和店里的掌柜一合计，掌柜告诉他：

"说起俳谐，当今无人比得上芜村。"

据说芜村通晓此道，是堪称俳圣的大家。

于是，吴春前去拜访芜村。

芜村家住室町绫小路，是个上了年纪的老者。

这里就是闻名天下的芜村家？

吴春望着眼前破旧的小屋不敢相信，这日子过得也太拮据了吧，每回买米都只够买一升。

俳谐宗师竟潦倒至此。

原本难以置信的吴春在见识到芜村的风采后，竟对这种清贫的生活充满钦佩。

哲人说的就是这种人吧。

作为一代宗师的芜村不善社交，莫不如说是厌恶社交，靠俳谐也赚不到什么钱，所以到了年末，穷困潦倒的他只能在门口贴上自己作的俳句"连上吊的断绳都没有的岁暮啊"，这才把上门的债主打发走。

芜村靠画画勉强贴补生计，说句题外话，若放到现在，芜村的画代表了江户美术史上的最高成就，散尽千金也难求。然而在当时，除了一些知音外，只被看作是俳人芜村的一个消遣罢了。即便画画芜村也未必吃得上饱饭。

说起来还有件趣事。

某日，芜村拜托丹波的木古里送些柴薪来，对方倒是按照约定送来了，可芜村却付不起柴火钱。

他想起弟子富家偶尔也会找他求画，于是便在信中写下"谨奉上谢礼（画资）以作柴薪之价"。近世画圣与谢芜村的画就只值几把柴火钱，多么可悲啊。

后来，吴春拜入了他的门下。

可吴春虽有诸般能耐，却独独缺少文学天赋，并不擅长俳句。

某日，吴春忽然问芜村：

"师父，能教我画画吗？"

这位待人十分通透的芜村老人爽快地应允了。

当时，京城里有许多流行画家。以圆山应举为首，伊藤若冲、望月玉蟾、原在中，以及岸驹等大家被称作"千金画家"，可谓百花齐放，百家争鸣。吴春千挑万选了画资只值几把柴火钱的老画师芜村为师，怎么看也是个怪人。

拜入"画家芜村"门下不久，吴春就作出了"秋景山水图"（现存）。那年，吴春二十岁。

看到此画的芜村大吃一惊，"这，是我的画吗？"

究竟是何时学会的，这画与芜村的笔法、构图、画技如出一辙，且如此传神，京中能作出此画的不超过两人。

"此人必不寻常。"

芜村感慨不已，对这个弟子甚是上心。

绢也看了那画，不过没有父亲那般认同：

"不就是模仿父亲吗?"

然而,自从看过那画,她就开始在意吴春了。

那期间,吴春丢了公职。金座后藤犯了事被收公,吴春也被赶出长屋,连生计都没着落了。

这时,绢忿忿地说:

"吴春这么精明能干,往后做什么都能成功吧。"

"嗯,或许吧。"

吴春没有反驳。

"以后你想做什么啊?"

"画画。"吴春如是说。

绢有些不可思议,如此能干圆滑,看着是个经商的好料子,这样的人怎会追在穷困的师父身后。

芜村也舍不得放吴春走。

"没处去就来咱们家,有你一口粥喝。"

总之那位能人在金座后藤倒台后算是入了画师这行。那之后,吴春也曾说过"手代收入不错,只要金座后藤不倒,我或许就一直数小判数到死了。"

然而,那时的绢可不这么想。

天性懒惰。

这个行当除了天才,自称画师的懒汉可不少,他们号称画师,日日睡到晌午,好吃懒做。特别是吴春那种能人大多天性懒散，所以这一行在世人看来就是歪门邪道。

说得好听要当画师，实际上就是想与那些懒汉为伍罢了。

吴春总在灶房吃饭。

有一日，吴春在灶房吃饭时，有位儒生打扮的老者一脸严肃地走进来，正是上田秋成。他是师父芜村最亲近的挚友，是位国学家，爱好俳谐，而且还要写小说，年轻时就写了一部话本叫《世间妾形气》。上了岁数罹患胃病后，写作也愈发吃力，但也写了一部古典文学作品《雨月物语》。

他瞪着吴春翻了个白眼，便扭头径直走进屋内落座。正巧芜村不在，只有绢出来招呼他，这位老人总摆出一副不快的表情，特别是那一日，神情尤其可怕。

"那个在灶房吃饭的人是谁？"秋成大声问道。

绢回道："他叫月溪。"吴春那时取了个月溪的雅号。

"哦，他就是月溪啊。"

秋成忿忿地说道：

"我知道那人的画，真是俗不可耐。他师父芜村跳脱南画的框架，开创了独特的画风。那人就仿效师父的高雅，装模作样地描出其形骸罢了。那种人在这世上就是无用的懒蛋。更可怕的是那人模仿得甚是高明，乃至骗过了世人。那些俗人看了他的画居然大惊小怪，视作神迹，如同让世人去参拜没有供奉任何神明，空空如也的神社。模仿越高明越无害，让那种人在这儿混吃混喝，不如杀了丢进鸭川，算是替天行道。"

秋成不是宽厚的人，特别是在诗文绘画方面，恨极了那些沽名钓誉的伪艺术家，痛骂起来毫不留情。

"之前不是金座手代吗？用那双倒腾黄金的手去作画，芜村因为他都要晚节不保了，竟然收了个莫名其妙的人当弟子。"

"叔叔！"

绢有些尴尬，这话难道不会传到灶房吴春的耳朵里吗？

"就是说给他听的。"

"这……"

绢一时不知如何应对，忽然一反常态大哭起来，眼泪在眼眶里直打转。绢虽是好胜的性子，却多愁善感。面对秋成喋喋不休的抱怨，她只觉得狼狈不堪，不知所措，最后越想越难受，终于像个孩子般无助地哭起来。

这眼泪原本也没什么特别的缘由，可秋成那老头却一脸狐疑地盯着她：

"看上他啦？"

绢沉默地摇摇头，老头不信：

"我不会看错的，你父亲也很满意这回的亲事，离拜堂也不远了吧，难不成你跟那小子……"

二人的对话悉数落入灶房吴春的耳中。

"原来如此，还有这种事。"

这位旷世能人面对秋成的种种诋毁也没生气，像吴春这样的人早就可以做到坦然面对这些了。如果换作其他艺术家，恐怕早已冲上来喊打喊杀了。吴春原本就是凭手感作画，因此被师父芜村称为"天才"时反而羞愧难当，但同时又深感失望，"这种水准就成天才了，难道画画是如此浅薄的玩意吗？"甚至如同横笛一样一度想放弃，仅学了三个月就成了震铄古今的名手，着实可笑，弃了也罢。

反倒是听了秋成的唾骂后才意识到："原来我的画并非是真正的画"。感慨之余，吴春又有了追求画画的勇气，如果真正的画有更深层的意义，那就努力去达到那个境界。

这样也挺好。

让吴春大吃一惊的反而是绢听到秋成对自己的恶评后不满地大哭起来，吴春甚至怀疑自己是不是听错了。这又是为何？师父的女儿不是对自己没什么好感吗？

"真是女人心，海底针。"

说这话的是屋里的秋成，吴春也跟着点点头，"确实如此。"

吴春还年轻，平日里不可能没留意到身边的年轻姑娘绢。

虽然说不上喜欢,但当听到绢已经定亲的事还是受到了巨大的打击。更让人不快的是,定了亲,绢就不叫绢了。吴春很满意绢这个名字,可一旦嫁了人,婆家若不满意这个称呼,芜村家也只能改名。

"就叫绢不好吗?"

吴春强烈嫉妒起那个可以随意改变绢称谓的男人。

这感觉真奇妙,自己又不是喜欢她,名字什么的根本无关紧要。就连吴春自己都觉得自己莫名其妙。

绢定亲的对象是西洞院椹木町一个叫柿屋传右卫门的男子,他是三井家的厨子,有宅子,生活宽裕。他的宅子很气派,占地就有十几米宽。

当时前来说亲的就是端坐眼前的这位秋成老头,出乎意料的是,他一开口就说此人是有钱人。话虽俗气,但芜村却很满意,"唯独对女儿绢,我不愿她再过苦日子。"

世上像芜村那般无欲无求的人不多,揣着一本俳句,一本画册过活。他辗转于各国,也不娶妻,一会儿在江户,一会又去了京城。后来不知出于什么心思,在宝历十年(1760)年满四十五岁时,娶了丹后与谢村的姑娘旅笼为妻,并诞下一女。

那孩子就是绢,因为老来得女,芜村对这个女儿格外疼爱。

——我自己心甘情愿过苦日子，可我不能让女儿也跟着我过这样的日子。我想让她嫁到城里的富裕人家。上田秋成这才时不时介绍合适的人家来替绢说亲。

"是真的吗？"秋成问道。

"什么？"绢已收住哭声。

"画师、医师家也常有与自家弟子好上的事，你与吴春真的什么事也没有？"

"你在写剧本吧。"

灶房的吴春甚是看不起秋成，写小说的人总是用自己的想法去揣度这世上的人和事。吴春读过秋成的《雨月物语》，佩服他天马行空的想象力，然而现实中秋成的想象力却是如此腐朽，陈旧，俗不可耐。

"……"

绢似乎说了些什么，不过灶房的吴春没听清。是在说绢的事吧，或许是在极力撇清关系。

日子一天天过去了。绢也离开娘家去了柿屋家，那是安永五年（1776）十二月的一天，天很冷。

拜堂那日，吴春倒忙里忙外成了好帮手，途中帮忙穿戴新娘服饰，动作娴熟得像绸缎庄的二掌柜，还帮忙整理新娘散掉的高岛田发髻，忙完这头又提前赶至柿屋家安排当日的酒宴。

看到如此模样的吴春，柿屋家的人还以为他是佣工中介所遣来的伙计，"喂，伙计，"对着他一阵颐指气使。

后来吴春成为天下一流的画家之后，柿屋又来找他求画。

吴春倒是爽快地应下了，他画了一只仙鹤，但没落款。

"大师，您还没落款呢。"

吴春听到柿屋的请求思索了一阵，然后写下"伙计"二字，柿屋顿时羞红了脸溜走了。

三

自从绢嫁人后，芜村在室町绫小路的草庵就变得冷冷清清。

这一年，芜村六十一岁，把女儿嫁出去后，一个人就更寂寞了，人也消瘦下去，显得愈发老态。

他把吴春当成诉苦的对象，"有女儿真是折磨啊。"

芜村曾给大阪的俳人联谊会写过一封信，那信直到现在还保存着，上面写道：

"敝人本月为小女之事甚为忙碌。"——其实自从女儿出嫁后，他为了偿还操办婚礼借下的银钱一直在作画。他在信中还写道："首句尚且未成形，懊悔度日罢了。"芜村变得有些消沉，提不起创作俳句的劲头。然而在信末还不忘加一句"然小女缔结良缘，寻得好归宿，我心甚慰"，到头来只不过是这世上一个普普通通的父亲罢了。

给外人的信上虽然这么说，但芜村却因思念女儿总是向弟子吴春抱怨，抱怨多了连他自己也开始胡思乱想。某日，他竟说：

"你要是进咱家的门就好了。"

"进门"就是当上门女婿，有独女的人家通常都会招上门女婿。正好吴春孑然一身，无牵无挂，没有负累，不但画画得好，性子也温和，真是打着灯笼也难找到比吴春更合适的女婿了。

"绢好像也钟情于你。"

听到这话，吴春更吃惊了。灶房那回姑且不谈，绢对他不是只有彻头彻尾的厌弃吗？

"可是你呀……"芜村接着说道，"可你好像不喜欢她，所以她才断了这个念想。"

吴春没有开口。他就是这样的性子，虽然圆滑得体，但从不轻易表露自己的想法或感情。

才不是。

他心想，一遇到女儿的事，就连芜村那样的人也只是位庸俗的父亲罢了，不是非要替女儿寻个有钱人家吗？

可绢真的钟情于我吗？

吴春不敢相信，一直以来，绢不是与那位上田秋成一样瞧不起他这个"画家松村吴春"吗？

"可无肠……"无肠这个奇怪的雅号是上田秋成自己取的，芜村接着说，"他不同意，月溪（吴春）你不用往心里去，这话并非出自我口，无肠那人说你的画根本不叫画。若只论形，这世上本不需要画，有真实的山山水水就好。他的画论如此，他认为画是一种魂，要究其根本。只善于形而没有魂的画师画得越好越与真正的画背道而驰，最终沦为俗物罢了。"

芜村平静地说着。

"话虽如此，我却没把他的话放在心上，他的歌论也是这样指指点点。《雨月物语》里还借海盗之口痛骂上代大歌人纪贯之。连纪贯之都骂，他就是那样的人。"

虽然芜村让吴春别将秋成的话放在心上，但吴春却不以为然。师父芜村不就是听了秋成慷慨激昂的"吴春论"才打消招他为婿的念头吗？

搞不懂师父，常常夸他是天才，但心里真的这样想吗？没有招他为婿，这件事本身就是对他所作之画一种无声的否定。

"总之别往心里去。"

芜村又开始劝他:

"你的画我是认可的。也许你会像这样一辈子无所事事,可说不定就会成为画坛宗师。"

"这倒是让人出乎意料。"

吴春打心底这么想,自己的画可没秋成画论里的那些东西。

"自己的画原本就是肤浅的东西罢了。"

怎样才能画出师父那样的画,画中有灵魂的感应,如此悠远深长。

"干脆舍弃自己的那些技巧吧。"

"舍弃?"

芜村长长的马脸上流露出惊讶的表情,"你还是太年轻了,不谙世事。既不了解自己,也不懂人性才会说出草根和尚那样自认为通透的话。人啊,是没办法舍弃天生就有的东西,也没必要舍弃,它到死都会跟着你。"

"师父……"

"出去云游四海吧。"

十年,出去看看这世界。芭蕉如此,芜村自己也是如此。艺术原本不就是属于漂泊者的吗?——这就是芜村的心声。

走出去……

吴春歪起头陷入了沉思。以明月为友，以枯野为榻，一把拐杖踏上旅途，如漂泊的云，如淙淙流水，风景如诗，可自己这种人真能做到吗？

"像刀刃那样去磨炼自己的心吧。"

芜村告诉吴春，你的内心深处有把连自己都不知道的琴，走出去，它会奏出让你自己都惊叹的乐章。历练的意义正是聆听那"琴音"，"唯有那琴音才能让你脱胎换骨"。

"师父。"

吴春有些难过，那难道不是天赋所决定的吗？天资不足之人无论如何历练都无法聆听琴音。芜村正是心中有把琴，才会因历练而奏响琴音，现在的他就是对着一块绢布也能立刻奏响那琴音，这便是天赋。

可惜我没有那样的天赋。

聪慧的吴春很清楚这一点，越了解自己的人越看不到未来。

也许，自己是不是也能做到……

对自己已无所期待的人早就不指望有什么未来了。吴春的脑子比师父芜村更敏锐清醒，但那是吴春的不幸。

"我给你写封举荐信。"

芜村给自己在各地的支持者写了信，他们中有许多是酿酒家，援助俳人、画师的几乎都是那些大老爷们。

那些举荐信一直流传到现在。

"此后辈（吴春）天资超群，将来必执画坛之牛耳，未来可期也。"

吴春看到举荐信，感动于恩师对自己的关爱，虽说是客套的褒奖，但有一半也出自真心。

自己若是镰仓、战国时代的武将，必定为恩师鞍前马后，誓死效忠。

那时，在画师中，吴春算是个纯粹的人。他是真心这么想的。

㊃

吴春离开了京城，下定决心远走历练十年，然而事与愿违的是，他没能成为如云彩如流水般的诗人。

一到师父介绍的摄津池田，吴春就受到众人追捧，于是便在此处安定下来。池田位于猪名川畔，有"酒都"之美誉，出了许多富庶的酿酒家。他们住着气派的大宅子，每家每户还经常修缮宅子，更换新门，每每修建新门就要请人在门上作画。

"来了个厉害的人。"

这一带的大老爷们甚是欢喜,热情款待京城来的这位无名画家。虽说寂寂无闻,但吴春为人爽快,出工也快。那些新建的宅子,木匠还没完工,门上的画就画好了。

吴春原本借住在芜村的故交、酿酒家山川庄左卫门的家里。池田本町的绸缎商井筒屋的老板川田裕作也喜欢这位聪慧的画师,不但把自己家的二楼借给他做画室,还把家里腾出来让他住下。

吴春在京城几乎无人问津,却在这乡下小城大受欢迎。当然,他的画从不墨守成规。

"就给我画那种画吧。"

上门求画的人并非是欣赏吴春的绘画艺术,他们买画大多就跟去大豆店买大豆没啥区别。

譬如遇上天花流行,这里家家户户的房檐下都会贴上红色的钟馗像,辟邪驱疫。

吴春的性子不擅长拒绝人。"给我画张钟馗吧。"若是遇到这种上门求画的人,他也得体地笑脸相迎。于是上门的人越来越多,钟馗像也不知画了多少张。

不只是钟馗,乡亲们似乎觉得画是吉祥之物,于是叫惠比寿大黑的福神也画了不少。

最后，还有人非要吴春给自己画像，"就照我这个样子画。"

吴春虽然气恼，但也不会表现得太明显。况且他觉得"与其回绝对方，引起争执，还不如早点画完省事"，看来太能干也不是好事。肖像画对吴春来说轻车熟路，看着比真人还栩栩如生，能把对方都吓一跳。

吴春深受这片乡土与乡亲们的恩泽，第一次感受到生活在俗世中的人情温暖。于是，他将自己一直以来的雅号月溪又改回了本名吴春。池田这个地方在上古是朝鲜纺织技工聚居之地，以前被称为"吴服之乡"，吴春取其"吴"字，重新叫回了"吴春"。

"吴春君！"

这里的人都这么叫他，还以他的名字来命名新酿的酒。

这里的女人也很好。

或许是池田地处京都、大阪、奥丹后半岛交界的交通要塞，且土地肥沃，才让这方水土孕育出许多美人。

吴春在京城的时候穷困潦倒，没钱去烟花之地，其实他自己在这方面也是个不解风情的人。可是来了这儿才明白女人的好处。这里的女人热情奔放，甜言蜜语就能博得她们的欢心。之前京城里的那个吴春简直是根毫无情趣的木头，可在这里，不管是人妻还是少女，抑或是风尘女子都有人主动送上门来。

吴春不管美丑，来者不拒。"吴春君啊，是个女人就行"，最后因为来者不拒落下了这样善意的恶评。说心里话，并非是跟谁都无所谓，其实画师爱美之心更甚，尤其讨厌丑陋之物。只是比起那些，吴春周到得体的性子让他更加无法拒绝，于是便落下对女人来者不拒的名声。

在那些女人的传授下，吴春的闺中之术自然也娴熟起来。原本就是聪慧机敏的人，那方面自然也深得真传，学以致用。后来，上田秋成讽刺他肾虚，也是因为吴春那方面的本事都传到京城的花街里去了。

池田时代的吴春也因此没在感情上遇到过什么麻烦。虽然受到女人们热烈的追捧，但谁都不爱吴春，吴春也不爱她们。

都说他是无情之人，确实，这人从不会让自己深陷于一件事，也不会想跟哪个女人天长地久。

"画里看不到灵魂。"

上田秋成曾斥责吴春的画中看不到灵魂，这是他画中最致命的弱点，或许同样也是他对待爱情的写照。

参州田原藩的家老渡边华山是位画家，后来，他也曾羞辱过吴春的画，"如果将画比作女人，那吴春的画就是妾，谄媚的技巧叫人看了想吐。"

这话恰巧也适用于吴春这位年轻人对待女人的态度，没有爱情，只精于床笫之事，那技术也不一般，足以让女人欲仙欲死。

○五

吴春在这里待了数年。对他来说，这是一段宛若游戏在桃花源中的时光。

可这并不是芜村说的那种历练。吴春之旅得到的只有更加圆滑世故的技艺和娴熟的床笫技巧。吴春终没能变成芭蕉与芜村。

吴春再次回到京城是因为师父生病了。芜村病情加重，敦厚的吴春终于舍下池田的安逸生活返回了京城。

从症状来看，芜村罹患的似乎是癌症。略懂医术的吴春看着师父泛黑的皮肤知道他时日无多。但病榻上的芜村看起来精神不错，他问起吴春的近况，"画画得如何了？"

吴春将最近画的白鹭图在师父枕边摊开，只见狂风暴雨蹂躏的秋野上，一尾在狂风中受惊的白鹭正欲展翅冲向天际。芜村看着画露出满意的表情，"不错。"

没多久，办完事回来的绢一看到吴春，顿时羞红了脸，但她仍不苟言笑注视着父亲，然后点点头，"精神不错，太好了。"

吴春也笨拙地点点头。

绢已经恢复了单身。吴春刚去池田不久就知道了此事。自那以后，这还是第一次与绢重逢。

绢的婚姻只维持了半年，不是夫家不要她，她是被父亲芜村接回来的。

起因是亲家老爷是个吝啬的守财奴，家风根本就不是之前以为的那样，照芜村写给朋友的信中所说就是"涵养浅薄"。自小长在谦恭文雅之家的绢因此事事劳神操心，精神与身体每况愈下，以前看重钱财的芜村也只得将她接回家中，毕竟命比钱重要。

从此，绢就没再嫁过人，连吴春都知道这是芜村的心病。

吴春住下来照顾师父。某天夜里，芜村醒来说要见月溪，于是将吴春唤至病榻前。他对这尘世已无留恋，唯独放不下女儿，怕是要死不瞑目了，他想将女儿托付给吴春。

吴春下意识想退缩，可他明白娶绢为妻就是对师父尽孝，于是当场答应了师父的嘱托，权当安了师父的心。

"那我就放心了。其实我已与桂川右岸的甲田家谈好再嫁的事。可家里如今的窘况你也看到了，操办婚礼的钱都凑不齐。月溪，你向来不宽裕，我知道让你来承担婚嫁的开支很唐突，你就当我是个自私的师父，在我死后务必把这婚礼操办好。"

吴春为会错了师父的意而感到错愕，他羞愧得红了脸，连忙点头应了好几声"弟子知道了，弟子知道了"。他说不上来自己究竟是可悲还是愚蠢，其实到头来什么都不是。他慌忙跑出屋外来到院子里，往井里放下吊桶，发出嘎吱嘎吱的声响。

他想喝水。

不是因为口渴，是只有喝水才能平息现在的心情。吴春发了狂似的抱起吊桶狂灌水，满满一桶水竟然全都喝光了。吴春当场就觉得难受，胸口剧痛，他蹲下身，把刚刚灌进胃里的水猛地一下倾吐出来，眼泪也在这时夺眶而出。

其实他也没有多想得到绢，这些年，他被绢伤透了心。

当初，绢刚回娘家时瘦成了皮包骨，如今丰腴了些，看着比从前性感了。

不过人也变得反常了。

即使生活在同一屋檐下，她也很少与吴春说话。某天夜里，吴春走到廊下，正巧绢拿着纸烛迎面而来，就在吴春与她擦肩而过的瞬间，她说：

"吴春，我恨你。"

绢咬牙切齿地吐出这几个字。吴春被突如其来的这句话惊得直往后缩。

"我知道大家是怎么说那幅画的。"

绢说的是那幅白鹭图。那幅画一拿到京城的书画就会得到这样的评价——超越了师父芜村。

吴春听到这样的好评也高兴不起来。白鹭栩栩如生，就像真的一样，所以才为世俗所接受。吴春非常清楚，与师父芜村相比，师父是天，而他只是地底的泥。

绢说，他们说那些没有灵魂的画比父亲的画更高明，她真想用鞭子抽那些庸俗的画师。

可绢真是因此而厌恶吴春吗？只是个借口吧，或许连绢自己都不清楚，那是这位个性奇特的姑娘对吴春炽热的畸形之爱。

总之，绢恨着吴春，她放不下这段可悲的感情。

笔者曾想过——如果吴春换作是其他人，结局又会如何呢？如果当初在那个幽暗的廊下，吴春伸出双臂抱住了那个拿纸烛的女子，那个女子对吴春的感情是不是就会不一样了。

可吴春没有那样做。这个男人将灌进去的水倾吐出来时，就如同排毒一样从身体里将多年来对绢痛苦的感情拔除了。

"是吗？"

吴春淡定地回了一句，声音听起来毫无波澜。

芜村缠绵病榻后，家中生计越发窘迫。吴春四处奔走筹钱，能借的地方都去借过一遍了。芜村门下有个学俳句的弟子是宇治田原的庄屋，叫奥田治兵卫，连正月的粟糕都是找他讨的。

天明三年（1783）十二月二十五日拂晓，六十八岁的芜村离开了人世。那一刻，身边只有吴春一人为他送终。

"月溪（吴春），还没有天亮啊。"

这是芜村临终前说的最后一句话。

直到临终前数日，芜村还在念叨："我命不久矣，如今放心不下的唯有尚未安定的女儿。可如今我躺在这里，想这些也于事无补，从此不提也罢。"说完便蒙住被子，低声啜泣起来。

芜村死后，吴春在鸟边山火化了师父的遗骸，一个人操持了整个葬礼，最后将骨灰埋在洛北一乘寺中的金福寺中。

之后，为了完成师父的遗愿，吴春不得不想办法筹措绢出嫁的费用。芜村家一贫如洗，已没有任何可变卖的家产，连自己的生计也难以为继的吴春陷入了束手无策的局面。

无奈之下，吴春想出一计，这个圆滑聪慧的人为了与谢家发挥出了最后的聪明才智。

芜村散落在与谢家的俳谐手稿多得可以用秤来称了。那些东西本来只能当废纸卖了，但吴春在那些手稿上配上图画，再装裱起来对外出售。虽是些小玩意，但多少能赚点零钱。

吴春找到同门师弟楳亭，两人分工合作，开始为手稿描画。

画完后就一点点便宜卖掉。芜村的手笔放到现在能值几百万，可在当时却要两个弟子配上图画好不容易才能卖掉。

卖画的钱都交给了芜村的妻子，这才凑齐了绢出嫁的费用。

吴春已经尽心竭力到如此地步，却没见当事人绢有多高兴。在母亲面前，她对吴春四处筹钱的苦心只用一句话就轻描淡写地带过了。"那人不是挺有本事的吗？"

这话吴春听得仔细，再也忍受不了了。

才不是，我只是完成师父的遗愿。

他在心里替自己辩解，自我安慰。

那之后，芜村的妻子自称清了尼，落发出家，遁入了尼姑庵。从此，吴春几乎断绝了与亡师家的一切联系。

跟着芜村的时候，师父那些像秋成一样喜欢挑剔的朋友总是苛责他：

"东施效颦的庸俗画师。"

师父的独女绢也莫名其妙地恨着他。现在师父不在了，以后可以整理好这一切，彻底自由了。

之后的几年，吴春依然仰慕师父，觉得师父是世上最好的画家。他依旧日复一日地模仿师父画着那些卖不出去的画，过着清贫的生活。

一年一年过去了，天明八年（1788），吴春三十七了，一直独居在京城木屋町的一间陋室里。这年的正月三十一，发生了一件改变他命运的事。

正是天明那场大火。

那天夜里刮着大风，拂晓时分，京城以东团栗桥一带的民房发生了火灾，火势瞬间向四方蔓延。到了白天，火势仍未减弱。入夜后，雷雨袭来，火势迎风烧毁了皇城。这场大火持续到二月一日才渐渐熄灭，城内所有的建筑几乎付之一炬。

吴春的家也在这场大火中化为乌有。鸭川对岸的五条有座喜云院，他与那里的住持素有交情，于是便去了寺中避难，那里的本堂聚居着许多寺院收留的受灾者。

大家杂居在一起，每家每户在本堂里围上布幔，布置成临时的"家"，然后各自生火烧饭。

吴春孤身一人，也没有果腹的米粮，只能靠别人的接济勉强过活。人们背地里都叫他乞丐画师。

那些受灾者中,有一男子过得仍然十分惬意,因此特别引人注目。每天有大量访客前来拜访他,在他面前点头哈腰,似有事相求,而那男人总是一副悠然自若的样子。

"那人是谁啊?"

吴春一问寺里的和尚,才知道他就是当今天下第一流行画家圆山应举。

他就是应举啊。

吴春大吃一惊,都是画画的,日子过得怎么就这么不一样呢?

应举以实物为创作对象,开创了新兴的写生主义画风,并受到世人的疯狂追捧。

这种画风据说是受到荷兰洋画的影响,画出来的昆虫栩栩如生,仿佛正在眼前爬行,画出来的竹子那干枯的叶子尖锐得仿佛一碰就会划伤手指。

世上流传着许多关于应举的故事。据说有一次,他画了一幅野马食草图,一个农夫见后说道:

"画虽逼真,却有一点不同于真马。马吃草时,为避免被草尖伤到眼睛,一定会闭上眼睛,而此马的眼睛却是睁开的。"

应举听后深感佩服,他谢过农夫,立即重新画了一匹闭着眼睛的马。

这就是圆山派的画风。文人画家素来强调绘画艺术看重的是灵魂,因此圆山派被贬低为"俗中之俗"。汉画派的曾我萧白曾说:

"若想求画理应拜求我们,若只想求张图就去找圆山主水(应举)吧。"

事实上,应举的画因追求逼真,忽视了在创作中注入画家的灵魂。于是,对象物画得越逼真越摆脱不了缺少余韵的诟病。

然而应举的画也因此在坊间大受好评。大名、富豪争相求画,他的画在市面上炒到了千金。

吴春与应举恰好相反。比起形似,芜村画派将气韵生动视作画的生命,将超脱的灵魂视作画的最高境界。吴春作为芜村派的门人自然与其他画派一样,对大为流行的圆山派不屑一顾。

某天夜里,吴春闲来无事去拜访了应举。

应举的性子与吴春相似,谈吐得体。虽是大家,却没有架子。

"请坐!"

他引吴春入座后,说非常欣赏他的画。

事实上,吴春拿去书画会的画,应举几乎都知道,甚至能指出他画技中的细微之处,并一一大加赞赏。

吴春大吃一惊，但他不甘示弱，极力主张芜村的艺术才是最好的。应举没有反驳，他微微一笑，"确实如此。"应举接着说道，"我与芜村虽不同，但我十分欣赏他的画风与画论。遗憾的是，芜村在世时，他的画只在少数爱好者之间流行，或许他的遗作会流芳百世。"

师父在贫困交加中离开人世，如今他的绘画艺术被"俗中之俗"的流行画家称赞，吴春有种奇怪的感觉，同时也感到开心。

"不过……"应举话锋一转，"如今我奉皇命为皇城的杉木门、隔扇门还有天花板作画，芜村是无法胜任的。"

这话也印证了应举的画论。

说到底，芜村的画只是避世之人的慰藉罢了，不适宜出现在权门势家的豪宅中。对于"那样的画才是真正的画"的说法，学识浅薄的应举免不了庸俗地用"皇命难违"四个字来辩解。

吴春恍然大悟。应举劝解他：

"阁下在这方面的才能原本就适合写实画，人要走对适合自己的路子才能做出一番成就，你不适合芜村的画风。"

因为太过聪明有才，反而缺少灵魂，这些被秋成数落的缺点到了应举这里反倒成了画技的加成。

原来应举那样的大众艺术才是适合自己的。

吴春有种幡然醒悟的感觉，他跪求应举：

"请收我入门吧。"

应举笑了，"像阁下这般有才的人怎能收为门徒。如若不弃，就做我的门客吧。"

吴春对这破格的待遇欣喜若狂。在芜村门下憋屈已久的他有些茫然，难道换个去处，身价一下就逆转了？

那之后的吴春成了美术史上尽人皆知的存在。

他一改芜村的画风，学习应举的画法，仅仅一年就达到应举的水准，数年后已超越了应举，求画之人络绎不绝，他在四条街也建起了大宅院。天明大火发生时，应举时有挂在嘴边的"皇命"也终于落到吴春头上。应举死后，吴春成了皇城的御用画师，凭借这个头衔，他的画越来越昂贵，门人竟多达数百人。因吴春住在四条街，门人大多也迁至附近居住，因此吴春这一派也被称为"四条派"。四条派大为兴盛起来，在日本画坛的影响一直延续到明治、大正、昭和时代。

若吴春一生坚守芜村派，那到死都只是寂寂无闻的那个月溪罢了。又或许如果没有天明那场大火，吴春也许会在贫困交加中度过一生吧。

那时，赖山阳曾高度评价吴春："应举改变了京城的画风，而吴春又再一次变革了这个画风"。上田秋成在他的著作《胆大小心录》中一如既往地抨击应举、吴春的现世功利主义，特别是对吴春，他在书中写道：

"这位权门御用画师在尽情作画之时开始手抖，终于画不出来了，那些弟子画出来的画，每张只值十九文。"

吴春与芜村截然相反，享尽了世间荣华。不知道他是如何看待自己的，但那之后他再也没去找过绢，没去见过那位深知画师吴春缺陷的人。

不去见她是不是也是因为羞于自己浮华的人生，觉得愧对先师呢？

芜村一生贫苦，而吴春却名利双收。然而在百年后的今天，芜村在世人心中如同神明般高洁，因"皇命"而背离初衷的吴春与应举一样惨被世人所鄙夷。

笔者对吴春反而抱有一丝同情之心，并写下了这个故事。故事的最后，笔者也有些迷惘，作为一位画师，吴春的一生究竟是成功还是失败呢？

人生的最后，他埋在了师父芜村的墓旁，就在金福寺里。

行刺芦雪

（一）

宽政中期，京城东洞院姊小路东边住着一个叫长泽芦雪的人。

这人是个怪人。

他的宅子是租的，还不错，四周围了一圈板壁，前面有个院子，屋中还有美人。这里以前好像是本愿寺家老隐居的宅子，不像一介画师居住的地方。

芦雪很得意，"京城画坛之中，能住上这种宅子的人可不多"，除非是应举那样的人物。

应举是他师父，可也被他直呼其名。

有人要杀芦雪。

这才是故事的主题，只是这个故事既是从宅子开始说起，不妨就再多说几句吧。

虽然自满于自己的宅子，可房租已欠下半年有余。

何止是房租，有时过年连味噌汤饭都吃不上，甚至在附近的荞麦面店都已赊了一年的账。三年前，不知道是第几个老婆终于受不了也跑了，可见芦雪的日子过得有多拮据。

就算这样，还是一喝多就开始污蔑画坛的大师：

"芜村就是大家的屁，大雅是和尚的小便，吴春是妓女的大便。"

虽然他总说这些大家"不过如此，没什么了不起"，但唯独对自己的师父应举多了几分敬意，"只有他才是大师"，最后还不忘补充一句，"只不过是猴子大师，门人着实愚钝"。

面对如此嚣张的言论，里总是在一旁默默听着。最后，芦雪下了一个狂妄的结论："在京中能配得上大师之名的只有我。"事实上，里听赏识芦雪的人说过"芦雪是隐藏的大家"，还说后人自会评判他是否配得上大家之名。赏识芦雪的那些人还称赞他："芦雪下笔肆意粗犷""笔法奇特且恣意豪放，气魄溢出了画布之外，着实是……"

里不懂画。

也许确实如他们所说吧。

里心里虽这么想，但在她看来，长泽芦雪此人本就是个说不上来的怪人。

里嫁过人，曾嫁给一个商户后和离了。三年前来到这个家，负责厨房的活儿。不仅如此，她要帮着打发借钱的，还要端茶倒水接待家具店的来客。到了晚上，精力过于充沛的芦雪铁定会拍手召唤她，于是又要化好淡妆去芦雪房里，这一去免不了温存一番。里怎么看都像芦雪的老婆。事实上，

里也自诩为长泽家的夫人。芦雪亦是,每当里有言行不当之举就会受到他的指责:

"你这样配做这家的夫人吗?"

若有来客,里就以女主人的身份出来应酬,端茶倒水。客人们大多惊叹于里的美貌,甚至有人出口称赞:"您夫人可真是个美人啊。"

每当这个时候,芦雪就万分得意,然后接着说:

"她就是个下人。"

里听了心里很不是滋味,但这却成了芦雪最有面子的事,因为身边的女仆竟是这等美人,虽然大家都笑他是"打肿脸充胖子"。

都说芦雪的画既不豪放,也没什么出挑的地方,就是虚张声势罢了。"或许本就如此。"里在与芦雪朝夕相处后逐渐相信了这一点。

(二)

芦雪年满四十了。

芦雪不认为自己是爱慕虚荣,自欺欺人,但大家都这么看待他。芦雪觉得自己体内有股说不上来的真气在引导他作画。那股真气炙热得像要灼烧他的身体，令人痛苦难耐，拼命挣扎。如此才能画出长泽芦雪的画。——凡夫俗子是不会懂的。

我要让世人看清楚。

当然，住着与身份不符的宅子，把老婆当下人使唤，俗人也只有这点本事了，尽管芦雪总是自命不凡。

言归正传。

——那是宽政六年（1794）二月立春的夜晚。

前些日子，此人被请到室町绸缎商的家里，那家主人以礼相待，想求一幅墨宝。芦雪说："我的画跟别人的可不同，很贵的，你……"

"钱不是问题。"那家主人对这位京城名人的品行素有耳闻，已备下厚礼，并命人抬上一扇巨大的金箔屏风。芦雪都不禁感叹：

"呵，这么气派的屏风。"

"劳烦您为这扇屏风题上游鱼图。"

芦雪陶醉了，他提笔蘸满墨汁，将屏风放倒在地，横跨在屏风上方，干脆利落地挥毫泼墨。大家都以为他在作画，结果一看是在涂鸦，主人差点惊叫出声。

芦雪把剩下的半扇屏风也全涂黑了，然后在屏风一角添上了四五艘小渔船。

"大功告成。"

"可是那个，大师，我拜托您画的是游鱼图啊。"

"这不是画好了吗？"

说完便径直回家了。芦雪走后，绸缎商掌柜从远处眺望屏风，果然一头黑色的鲸鱼从黑色的薄墨之间破浪而出，鲸鱼的半身占据了整个屏风，定格在破浪而出的一瞬间。这是至今从未有人尝试过的构图方式，简直就是天才。

此事与这个故事本无关系。——只是那天夜里，芦雪去了岛原的烟花巷，在轮违屋将画画挣的银钱挥霍一空。直到第二天夜里才晃晃悠悠地离开岛原，眼角挂着眼屎，仍是宿醉未醒的状态。离开岛原向东走，一直到新町都是庄稼地，道路又黑又窄，远处隐约能看到寺院的灯火。右边是本愿寺，左边是本圀寺。

"奇怪。"

就在二十米开外的地方，有个人影正以劈天盖地的气势挥舞着大刀。

难道是杀人试刀的武士？

他们经常在这一带活动。芦雪因为胆小，年轻时曾苦练刀法。说来他原本是效力于淀藩主稻叶丹后守的水兵密探，师从居合道。居合之术擅长一门绝技，右手抽刀，瞬间挥刀回击，左手同时掷出陀螺，并用刀接住陀螺，使陀螺立于刀刃之上。年轻时，他曾为藩公表演，但那次因为太过紧张搞砸了。陀螺的芯一下扎进右眼，在场的人都站起身来，顿时一片哗然。结果，芦雪貌似还成了英雄，只见他拔出陀螺，流着满脸的血继续表演。这事儿在淀藩广为流传，家臣们到现在还觉得"以芦雪的豪气去当一介画师太可惜了"。

然而今时不同往日，此时此刻一个观众都没有。

更加不巧的是，他一身茶客打扮，没有佩带任何武器。光头上戴着又圆又平的头巾，身穿十德服，腰间只挂着细长的文房墨斗，里面装着笔墨。

芦雪正想逃跑，猛地从松树后方窜出一个暴徒，举起一把短刀不分青红皂白就刺过来。

芦雪左躲右闪，忽然大喊一声：

"都给你。"

然后解下头巾朝地上扔去，然而暴徒看都没看一眼，再一次用尽全身力气朝他冲过来。芦雪一把脱下外衣丢出去，然后拼命跑起来。

芦雪沿着田间小道一路向北逃窜，终于跑到了五条街。他一边望着东山上升起的明月，一边脚下生风使劲向前跑。一会从堀川街向北，一会从松原街往东，一会儿又从东洞院朝北，总之一路抱头乱窜，最后终于跑回自家房门下。

"里！"

芦雪连滚带爬逃进屋里,大喊:

"有人要杀我。"

下一刻就像戏台上的表演,双手扑空,一下摔倒在地。

里迅速解开芦雪的衣带,脱下他上半身的衣物,举起蜡烛凑上前一看:

"伤口在哪里啊?"

里到处仔细检查,没有发现任何伤口。

真是个怪人。

经此一遭的芦雪面如土色,气息微弱。

之后,内科医师上门看诊,芦雪虚弱的样子看着就像快死了一样,结果一把脉,既不发热,口腔内也看不出异常。医师也说不出个所以然来,只说"许是跑得太久了吧",便悻悻而归。

为了让芦雪好起来,里在酒里加了点蛋液让他喝下,又煮了韭菜粥一勺勺喂他。芦雪的脸色果然好转了许多,恢复了血色,又变回以前的芦雪了。

"就是跑得有点累了,年轻的时候可不是这样。"

里盯着芦雪问道:

"那年轻的时候是什么样的?"

细细想来,自己对这个生活在同一屋檐下的画师一无所知,这回是了解他的好机会。

里的娘家是称名寺的信徒，称名寺坐落在寺町里，那里的住持曾提点过里。

"我想问问我家那个画画的，他很有名。"

听住持说，芦雪在江户画坛也是鼎鼎有名的人物。

里之前从未遇见过画师，她问："画师都是什么样的人呢？"住持说："画师就像不属于任何寺院的出家人，总是漂泊无定。"

这样说来，芦雪确实总过着四处漂泊的日子，一年中有半年云游在外，不在京城。他去过摄津池田、浪华、博州姬路、安芸广岛……，那些地方都有赏识芦雪的人。

当画师真有意思。

芦雪一开始是让里在他离京的日子帮他看家，结果里在拜会这位大人物的当天夜里就被他侵犯了。后来说不上是妾还是下女，总之半推半就跟他过到了现在。

"是年轻的时的事了吧，"芦雪说道，"从淀城到京城有近三十里地的路程，我每日起早摸黑往返于两地之间。"

为了学画画，他每日奔走于淀城的长屋与应举位于四条的宅邸之间。

"跟那个时候比真是不行了。不过……"

又回到了最初的话题。

"那个人不是劫财的。"

"所以呢?"

"是寻仇的。"

"那你跟谁有仇吗?"

"太多了。"

芦雪闭上眼睛。

脑海中浮现一张中年武士的脸,那是一个叫米田外记的狡诈男子。

那个男人是因我而切腹的。

去年春天,有位自称丹波龟山侯家臣的人来访:

"主公十分钟爱阁下的画作。"

那位家臣一副傲慢的样子,芦雪本想将他扫地出门,想想还是作罢了。毕竟龟山松平家是年享俸禄五万石的大名,能得他上门求画乃是莫大的荣耀。

"主公已想好了画题。他喜欢三国志中的玄德刘备,就作幅檀溪跃马图吧。"

"知道了。"

"还有……"米田外记接着说,"画作完成后请呈给四条的应举大师。"

"应举大师?"

"那位不是阁下的恩师吗?"

"算是吧。"

芦雪有些不快。龟山侯是质疑自己的画技,所以让师父应举把关修正?

"既是如此,那幅檀溪跃马图就拜托应举大师如何?"

"不不,主公中意的是阁下的画。"

一问才知道将画作呈给应举并不是龟山侯的指示,是这位米田外记自己耍的小聪明罢了。他专门负责主上的吃穿用度,并且爱好绘画,了解画坛。许是这位当差的人怕出差错,因此对主公委托芦雪作画心存顾虑。

"主公,那芦雪在京中声名狼藉,是世人口中的沽名钓誉之辈,在下认为此事还是应举更为合适。"

或许他已经这样劝谏过龟山侯了,然而他的主公仍坚持让芦雪来完成这幅画,于是便遣他来这里求画。

一定是这样。

芦雪耐着性子送走了米田。之后的数日里,他又是查询典故,又是苦思构图,不久便画出了底稿。这天,他拿着画稿出门了,准备呈给应举过目。

可是,芦雪心中百味杂陈,"应举是应举,我是我。"

应举门下有源琦与芦雪两名弟子,并称"应举门双哲"。

应举也看重芦雪之才,这位弟子不过三十就可代他前往纪州西牟娄郡串本町的无量寺,绘制出二十八幅隔扇图,接着又被举荐到该郡东富田村的草堂寺,为本堂与客殿绘制隔扇图。这个草堂寺后来又被称为芦雪寺，吸引了众多画坛爱好者。

只不过应举不喜这位弟子的画风，事事挑剔，"过于奔放了，要细致些……"

这成了应举对芦雪的口头禅，成天都是"多多注重细节"之类的话。

说起来还有个故事。

某年元旦，应举的众弟子呈上了自己的画作，画风温和细致，都是师父喜欢的风格。只有芦雪画了一棵歪脖子老松树干，只有单调的墨色，十分豪放粗犷。

"芦雪，你怎么还是这种风格。"

应举看他就像在看什么污秽之物。芦雪不为所动，"我没有不遵循师父的画风，请您再仔细看看。"

应举听了芦雪的请求，再一次展开画作仔细端详，果然，在一角的落款印章中，密密麻麻地藏着五百罗汉。

——只要细致周密就能让您称心如意，那这个如何？

芦雪在愚弄师父，一向以温厚著称的应举也不禁变了脸色，一言不发。据说就是这件事让他开始记恨芦雪。

不，不是那样的。

还有不同的说法。

有一次，应举将自己的画交给芦雪，"为师不喜你的画风,你照这个重新画吧。"

当时的芦雪已名声大噪。对师父的要求虽不情愿,但也照做了。数日后,他将画作呈给了师父。

"仍是恶习不改,笔触过于古怪。"

应举说完,提起画笔稍加修正后,那画竟变得温和许多,令人惊叹。

应举要求芦雪再重画一次。于是,数日后,芦雪又呈上了一幅画。

"仍旧恶习难改。"

应举再次提起朱笔修正。

这时,芦雪笑起来,"这不就是师父您的那幅画吗?"

应举只有沉默。

后来,他对弟子说:

"自古以来,不管是正史还是野史都有平将门、由比正雪那些叛贼的记载,却不知他们骨相如何,或许就是芦雪那样的长相吧。"

同样,芦雪也厌恶师父的千篇一律主义,"如果是那样,世上就只有应举的画,弟子充其量不过是画工罢了。"

因此他才说"应举是大师,是猴子画坛的大师。"

龟山藩家臣米田外记就是让这样的应举来检验芦雪的画。

芦雪去了应举家,将画展开,应举乍一看愣住了,"玄德在何处?"

高山峻岭占满了整张画布,上方悠然飘过朵朵白云,然而整张画中都没有看到三国志中的英雄玄德刘备。

"我这就画。"

说完芦雪在画布右侧添上了数骑将士,他们正在翻越层峦叠嶂的山岭。虽然只有米粒大小,却为他们的命运勾勒出一种浪漫主义色彩。

"芦雪!"

应举皱起眉,"偶尔异想天开,哗众取宠倒也罢了,但不可脱离正统,走上歧途。"

"这就是芦雪的正统,并非哗众取宠。"

芦雪多想大声喊出来,您还不明白吗,绘画是精神层面的创作,玄德刘备不是简单的肖像画,他的精神只有通过他踏过的千山万水才能体现。他还想告诉应举,每个画家都有自己的特质,只有彻底解放天性,才能创作出真正的画。

应举察觉到芦雪的心思。

"那时的你就已经错了。"

那时,芦雪很年轻,还是淀城的藩士,每日往返于淀城与京城的应举家。某个冬天的早晨,天还没亮,他便离开了淀城。

一条小河流经城边。那天早晨天很冷，河滩上的积水冻成了冰。一条鲫鱼困在冰下苦苦挣扎，芦雪本想救它脱困，但又急着赶路，终是没有援手。可是，当他傍晚再次经过此地时，冰已融化，那条鲫鱼正欢快地嬉戏游水。

"芦雪，那件事你可还记得？"

"这……"

芦雪佯装不知。其实他记得，何止是记得，他至今都感动于那条鲫鱼顽强的生命力，甚至现在用的印章都是鲫鱼的形状。

应举说："当时你是这样与我说的，鲫鱼就是画画的人，一开始历经艰辛，本本分分地跟着师父学习画技。而师父如冰，画画的人，他们的天性如同困在冰下的鲫鱼苦苦挣扎，但很快就能领会其中诀窍，如同冰雪融化般获得绘画的自由。我也是如此。"

"源琦就是如此吧。"

芦雪提到同门的画师源琦，他是个老实本分的人。源琦出身于京都的商贾之家，俗名幸之助，虽与芦雪并称为"应举门双哲"，但四十出头了还像书童一样侍奉在师父身侧，为师父研墨，在师父作画时为其调色。如此，源琦画出来的画自然与应举如出一辙。他特别擅长画唐宫美人，画技高超。然而，芦雪却瞧不上他的画，"没有神韵。"

神韵才是画的生命。

鲫鱼的神韵就是它的生命力，打动我的就是这种生命力，而非它的温顺。

虽然没有说出口，但那张脸俨然变成应举口中叛贼平将门的样子。

应举一言不发地站起身去了别处，不一会儿拿着一幅画稿回来了，"这手稿是我画的玄德檀溪跃马图。"

应举将画稿扔到芦雪的膝上。"啊！"芦雪大吃一惊，同时怒从中来，"米田外记那家伙，早就去找应举求画了。"

事实确实如此。应举无疑也是受龟山侯所托，同时想着门下弟子若画得不妥也不能坐视不理，于是经过一番苦思画出了这幅手稿。

"看看吧。"

芦雪展开画卷，是幅肖像画。玄德刘备骑在马上，髯须迎着山风飘扬。画中没有山，只有点缀的片片红叶作为象征。

这，确实是绝妙之笔。

芦雪虽在心中感叹，却无法认输，他永远都不想成为水中的鲫鱼。

应举让芦雪临摹这幅画，总之就是让他照着师父的画稿作画。

"芦雪,你已声名在外,或许不愿再按我的方式创作。但若非如此,你始终改不掉你那无用的壮志与不切实际的奇思异想,你就权当是一种修行吧。"

这是应举的一片苦心,然而在芦雪看来,这片苦心正是艺术的大敌。但当下他也不得不接下那幅画,向师父行礼后离开了画室。

芦雪一回到家便大喝一声"可恶",然后将那画稿揉成一团扔进柜子,最后按照自己的构思完成了那幅画,是他的得意之作。

芦雪带着画出发了,他沿着初夏的保津溪六里逆流而上,终于来到丹波龟山(龟冈)城,去拜访了米田外记。

"呵,已经画好了吗?"

米田立即唤来同僚,一同打开观赏,却不由得露出异样的表情。米田外记与应举亲厚,那之后他上京时顺道拜访了应举的府邸,并欣赏了应举那幅画稿。

"此画不对。"

米田虽没说出口,但一直盯着画,显出犹豫不决的样子。

这人真讨厌。

芦雪一直觉得他明明是一知半解,还号称精通画道,其实与其他人一样根本不懂画,只会墨守成规。

"哪里不满意吗?"

芦雪压下怒气,摆出笑脸问道。

"也不是不满意,主公专门求取玄德刘备的画,可这人也画得太小了。"

"原来是说这个。"

芦雪的拳头因愤怒而颤抖,但仍然维持笑脸。

"罢了,酬劳的事阁下觉得……?"

"一百两。"

芦雪很自信值这个价,况且像龟山侯那样的大名求画,报酬怎可低于百两。

"太高了。"米田外记回道。

应举姑且不谈,芦雪就只值五十两。不是米田在金钱方面过于计较,而是行有行规。

"如此重要的大人物画得这么小,一百两扣除二三十两也没什么不妥吧。"

"你这是要克扣我的酬劳吗?"

"不不,并非如此,我觉得如此比较合理。"

"都是一回事。"

芦雪因怒火眯起双眼,"堂堂大名压价,真是头一遭听说。龟山松平大人的家风还真有意思,这下算是有回京的谈资了。"

说完卷起画收入盒中,起身便要告辞。

与外记一同在场的同僚们大惊,"这画你要如何?"

"不是明摆着吗?这画自然有人欣赏,我卖给他们去。"

接着就出了玄关,外记与同僚面色苍白,一路追到门口。芦雪猛然回头,"别跟来。"

他怒吼道,"你们要是跟着我,我可不知道会说出什么来。"

"你们这些当差的,就凭你们那点浅薄的见识就来评判我的画。你的规矩就是山高人小要扣钱?你们这些纳户小吏竟然把用在绸缎庄、家具店的那套伎俩用在画师身上,简直大错特错。"芦雪骂人的话本来已经到嗓子眼了。

不过对方毕竟是武家中人,这么骂指不定会做出什么来。所以连芦雪也只能强压怒火,甩门而去。他离开龟山,径直回到京城的家中。恰逢第二日便是浪华(难波)天王寺屋举办的书画会,他索性将画拿去了书画会。

那幅"玄德檀溪跃马图"在书画会大受好评,因求画者众多只能拍卖,经过一番折腾后,最终被鸿池屋拍下。

不管怎样,这是一幅有故事的画。"丹波龟山的松平侯因为压价错过了此画",这事在大阪的烟花柳巷都传开了,最后传到了龟山藩在大阪的藏屋负责人耳中,于是乎,松山藩也知道了。

藩主松平纪伊守信彰尚还年轻,就爱芦雪画中不可思议的霸气,"果然还是芦雪的画不拘一格。应举稳重守旧,芦雪的画芯较之应举的占比很大,因此看着要大气许多。""玄德檀溪跃马图"这一话题实现了自然与人故事性的融合,信彰将此画题交予芦雪,就是期待看他的霸气将如何体现在画题中,于是他总问:"芦雪还没画完吗?"

所以,当他知道画早已完成,且因一藩管事小吏的压价流入别处,致使龟山松平家的吝啬成为京城大阪两地的笑谈时,一时间竟目瞪口呆。

信彰遣探子查访后,牵扯出了米田外记,事情也很清楚了。虽然当时对芦雪并非是有恶意,但作为一介藩吏,自作主张,擅作决定,让藩主沦为市井小民的笑柄。为此,家老传唤了米田的亲眷们,暗示让其切腹谢罪。

为慎重起见,一亲眷小心地问:"如果外记拒绝切腹……"

家老一听便说:"不识好歹。到时就随便寻个由头,安个罪名让他切腹。当然,如此一来,家名尽毁,家禄没收。"

最后,米田外记被他的亲眷们按住手脚,被迫切腹了。外记一边痛苦挣扎一边大喊:

"——我到底做错了什么。我欣赏应举,瞧不上芦雪,那种东西叫画吗?就因为他画的根本不叫画才压了价。"

"你说那些都没用了。"

保住家禄才是正义,说着,族中长老为了正义把短刀强行塞进他手中，让这位英明过头的小吏像个武士一样壮烈地切腹自尽了。

"外记君是因我而死。"

外记死后，圆山应举的这句话被芦雪知晓了。诚然，这位小吏就是因为太过偏爱应举而落得切腹的下场。在世人看来既可悲又可笑，然而在应举看来却不是那样，这事让身为画师的他浑身颤抖，感动得痛哭流涕。敦厚笃实的应举因此遭受了巨大的打击，而沉重的打击继而转化为对门人芦雪的厌恶。

"逐出师门吧。"

应举身边的人都这么说，可怯懦的他忌惮芦雪的张狂，以至于事情过去了半年多还开不了口。

"还有一件事，"

芦雪对里说，"照我推测，那并非是试刀。"

"或许是外记一族的人所为。"

三

"芦雪变回武士了。"

这事在京中传开了。只见芦雪顶着光头，身挂佩刀，一副俗里俗气的打扮。

芦雪原本就没有脱离淀藩的士籍，年轻时他将家督之位传给弟弟容藏后就隐居了。隐居不是变成浪人，他自始至终都在家族的关照之下并保留了藩士的身份。

所以，即使佩刀，从身份上来说也没有任何问题，只是颇负盛名的画师芦雪作此装扮总觉得有些奇怪。

然而，芦雪作此打扮并非是怀疑此次遇袭事件与龟山藩士米田外记有关。

他简直是深信不疑。

他从一个家具商那里听说，有个叫长次郎的年轻人就是米田外记的幼子，喜欢绘画，数年前拜入了源琦门下。

应举上了年纪后便不再收弟子，如果有人想拜入门下便让自己的高徒收为弟子。也许是米田外记生前曾想将儿子托付给应举，可应举觉得自己年事已高，而弟子源琦传承了自己的画风，最得自己真传，于是便让其子投入了源琦门下。

"画技如何？"芦雪问家具商。

"庸才一个"家具商答道，"不过，是个一等一的美男子，在女人堆里很吃香。现在被三本木茶楼的女掌柜看上了，花钱养着。这下有了钱，那些市井无赖也来巴结，吃喝嫖赌是样样精通。"

"人都是越蠢越危险。"

芦雪越想越警惕，最后还放话给那些商人，"我的居合之术可是曾在主公殿前献过艺，长次郎他们就是来个上千人，我也能一刀将他们杀得片甲不留。"

这话必然会传至应举或源琦耳中。

芦雪信奉知己知彼，百战不殆，他知道长次郎现在寄住在三本木一个叫吉田屋的茶楼里，便找了一天专程去那里喊上艺伎大肆喧闹，其间还向茶楼女侍打听，"你们这里有个叫长次郎的吧，他是我同门师兄的弟子，说来是我师侄，你去让他来见我。"

就这样，长次郎第一次出现在芦雪面前。他诚惶诚恐地在房间的角落里坐下，打招呼的声音小得听不清。此人一身儒雅的町人打扮，皮肤白净，鼻梁以下轮廓柔和，因此那双如萱草般细长的眼睛被衬托得特别明亮，甚至有种目中无人的感觉。这让芦雪有些不舒服。

原来就是这么个呆瓜啊。

芦雪一时安下心来，"我是芦雪，来，喝一杯吧。"

见长次郎婉拒后，芦雪忍不住对他穷追不舍，"怎么，无法接受仇人的酒？"

这句话戳到了长次郎的痛处。一直以来，他都厌恶这个人，但要说是仇人，父亲的事多少也掺杂了其他复杂的原因。可现在，从芦雪本人嘴里得意地说出"仇人"二字时，长次郎没办法再无动于衷。

"要喝吗？那在下恭敬不如从命了。"

虽然脸上摆出不情不愿的表情，但长次郎还是硬着头皮，冷静地接过酒杯一饮而尽。随后将杯子哐当一声放在一旁的食案上，便即刻起身离去了。

翌日，长次郎有意无意向师父源琦打听了许多关于芦雪的事。

"堪称鬼才。"

源琦由衷地称赞芦雪。

"不过，不是我要挑他的不是，芦雪的画还没有真正完成。他现在留在画布上的笔触莽撞傲慢，只有随着年龄的增长才会变得内敛成熟，也许那个时候他的画将成为稀世名画。"

"那还要多久才能完成？"

"这个，五十岁？六十岁？我也不清楚。画师的创作总是需要岁月的沉淀，不过前年……"

源琦娓娓道来：

"我云游至安艺宫岛时，在严岛明神偶然邂逅了那人的画作。广岛有个富商叫富士屋喜兵卫，素来欣赏芦雪。他专程从京中将芦雪请来，创作了那幅画供奉给明神，就是山姥图。"

源琦当时惊叹于那幅画,"笔法磊落,构思可谓妙想天开。不过这种奇思异想难免使画作霸气横溢、流露出浮躁自满的浅薄之感。然而,那幅山姥图中,霸气沉淀内敛,芦雪终于到达了那个境界。"

"唉……"

"将来那人若达到那样的画境,你我皆只能落于下风了。"

长次郎不由得倒吸一口气。

"怕是连师父应举大师都……"

源琦欲言又止。

"杀了芦雪",长次郎瞬间闪出这个念头。并不是因为父亲的仇,而是如果让他继续活在世上,他就会凌驾于父亲喜欢的应举之上,自然也会凌驾于师父源琦之上。

不能被他超越。

为了师父,就让芦雪的生命就此陨落吧。

长次郎一腔热血,在他看来除掉芦雪是为了整个京都画坛。

"我要杀了芦雪。"

这话长次郎对三本木吉田屋的女侍也说过。不过长次郎有酷似芦雪的一面,平日虚张声势,一旦让他付诸实施,又没那个胆量了。

——我在岛原遭遇了夜袭。

长次郎也听说了芦雪遇袭的事,还说是他干的。他对此甚是头痛,至少在芦雪遇袭时,他对此人并无如此深的恨意,根本就与他毫无干系。

不对,也不能说跟他毫无关系。就是因为这事,长次郎才对芦雪起了杀心。要说理由——长次郎,你还是没能在岛原杀了我报仇。

是芦雪在他面前的叫嚣才让他愕然意识到芦雪是他的仇人。

京中的家具商们往来于应举、源琦与芦雪家,他们才是流言的传播者。

"什么?长次郎说要杀我?"

芦雪听了大吃一惊,悄悄遣人一打听,结果连鸭东三本木一带的烟花柳巷都已尽人皆知。

"不知道的只有先生一人。"

还有家具商这样打趣他:"要是觉得随便吓唬两句就能杀得了我就尽管试吧。"芦雪蹲在姊小路东洞院的一角虚张声势,恰在此时,有一件意外的事发生了。

他收到师父应举送来的信,打开一看竟是要将他逐出师门。那分明是圆山应举的亲笔:"尔今,不可再踏足拙庵"。

"这个应举!"

芦雪冲出院子，撕掉信纸，完了还不满足，又让里把落叶堆起来点燃，最后一把将信丢进火堆里。

偏在这时将我逐出师门？芦雪心想，现下正是长次郎伺机复仇之际，应举专挑这种时候逐我出师门，定是为了免除后患，好偷偷帮着他们对付我。

没错，就是应举在背后推波助澜。

"里！"

芦雪转过身来，那模样甚是可怕，连里看了也不禁吓得脸色苍白，"这是怎么了？"

"我要出门。"

芦雪当天就离家出走了，也没说要去哪里。

那年，应举病逝了。

里从家具商那里听说，芦雪以一身远行的装束回到京城，就在玄关处吊唁了师父之后便匆匆离去。话说芦雪还悄悄去了寺町的家具铺，丢下几幅画——画酬帮我交给里。说完就走了。那次，芦雪似乎还打听了许多关于长次郎的消息。

"话说长次郎那人最近如何了？"

家具铺的人听里这么一问，皱起眉，摆出义正辞严的模样，故作夸张地摆摆手，又压低声音说道：

"还不是成日胡作非为，为非作歹。"

与他夸张的肢体语言相比,其实都是些无用的消息。

四年后的某个六月,长泽芦雪死在了大阪,死得蹊跷。

他死在了道顿堀的戏台子前。

那天,一个素来关照他的町人邀他看戏,当时台上正演着大功记,不知看到第几段时,正好到了用膳的时辰。点的午膳送到后,他吃了饭,又喝了点酒,然后放下筷子正要继续看戏时,脸色忽然变得苍白,并用手捂住肚子。

人们将他抬至戏院的茶室后,又喊来两个大夫,结果还是腹痛难忍,上吐下泻。

"怕是吃了不干净的东西。"

医师闻了闻呕吐物说道。

"就是他。"

有人下毒。他一边干呕一边呻吟,"是他下的毒,是长次郎干的,终究还是大意了……"结果弄得那位邀他来看戏的商人反倒不知所措,他凑到芦雪耳边低语:

"大师,大夫说是吃食有问题。"

然而芦雪似乎已经听不见了,当他意识到自己中毒的那一刻,身体就已迅速衰竭,很快就断气了。

大夫也吃惊于事态发展的迅速,本想再挽救一下,最后也只能摇摇头。

发生了此等恶性事件,加之出事的还是芦雪,奉行所的人自然不敢怠慢。可一番调查后，最终也没弄明白究竟是被人下毒还是因为吃食腐坏造成的食物中毒。

里与芦雪的弟弟容藏一同前往大阪迎回了芦雪的骨灰。回京后，她鼓起勇气拜访了源琦。为了消除心中疑虑，她想去问清楚，那天长次郎究竟身在何处。

"长次郎？"

源琦有些意外，连忙遣人前来问话，想知道长次郎当日的情况。

结果，长次郎当天确实人在京城。何止如此，那日好像还与吉田屋的老板娘吵得不可开交，甚至闹到要町年寄出面调停的地步。

蠢不可及！

里不禁怒从中来。芦雪将自己困于长次郎的魔咒中，作茧自缚，为此辗转于大阪各地，最终落得被人毒害的下场，他不就是死于自己的这些胡思乱想吗？

原本就不是豁达乐观的人。

回想起芦雪从岛原连滚带爬逃回家的那个夜晚，也是差点搭上了性命。

"真是可惜。"

眼前的源琦喃喃自语：

"如果再让他活十年……"

源琦喋喋不休地念叨着,好像在替芦雪惋惜,"他在画坛取得的伟业足以改变整个美术史吧。"不过里并没在意源琦说的那些,她眼底只浮现出芦雪从岛原逃回家时,两手扑空摔倒在地的滑稽模样。不可思议的是,他摇摇晃晃的模样就像一幅古老的武人画像,里看着他,觉得那么不真实,也流不出一滴眼泪。

"他是个天才。"

源琦自顾自地点点头。或许确是如此。源琦很快就被世人所遗忘,而芦雪却在美术史上熠熠生辉,留下灿烂的一笔。然而对此时的里来说,芦雪的画于她而言没有任何意义。

真是个怪人。

她无法从不真实的幻想中抽离出来,只能呆呆地看着源琦。

霍然道顿

一

一只雄鹰展翅飞向崭新的大阪城，生驹山脉上飘浮着夏日的云彩。

雄鹰在天满川的岸边盘旋，久久不愿离去。从河岸能望见大阪城，岸边有一个鲫鱼市场，雄鹰觊觎的不是河里的小鱼，而是鱼市里的盆中之物。鱼市旁还有个蔬菜市场。今日是天正十七年（1589）七月的一天，比起鱼市，菜市更是熙来攘往，热闹非凡。菜市的人与那只鹰的心态多少有些相似。

因为关白大人今日来了菜市。

天正十四年（1586）十二月就任关白太政大臣的秀吉正在逛菜市，他时不时拍拍膝盖，脸上始终挂着笑容。

每次一拍膝盖，他就和着拍子开始叫好，"好！好！"

聚集在市场里的商贩一听到秀吉的"好！好！"，一边忙着手里的活儿，一边齐声欢呼。出身庶民的关白大人正在看自己干活，这让市场的商贩欢喜得无法自持。

"我心甚悦。"

秀吉环顾四周，天下已定，这一年他还遣使朝鲜敦促其尽快上贡，对他而言真是百事顺遂的一年，自是看什么都心情舒畅。这年五月，他将诸大名召至大阪城，亲手赏赐了大把金银。秀吉每日都想给自己找些乐子，大阪市场狂热的喧嚣与秀吉此时的心境是如此相映成趣。秀吉偶尔会出城逛逛大阪的市场，小商贩们也深知秀吉的脾性，他们要不背起货架故作跌倒，要不比往常更卖力地扯着嗓门叫卖。

"好！好！"

秀吉的脸上不时浮现出笑容。

雄鹰展开翅膀沿低空缓缓飞行，忽地只见它冲向地面，瞬间落到鱼市的一角迅速叼起盆中的鲫鱼，再次振翅飞向高空。

"快看，快看啊！"

秀吉指着雄鹰扬声大笑，可笑着笑着，表情就凝固了，他指着问：

"喂，那人是谁？"

他指的不是鹰，顺着手指的方向一看，只见腾空高飞的雄鹰下有一男子。

男子坐在床几上，那架势颇像秀吉。

那人与秀吉之间不过三十步远，然而他只是呆呆地望着市场上的人来人往，似乎压根就没注意到前呼后拥的秀吉。

男子与秀吉一样带着随从，六名随从中有三名是女子，看起来都很年轻，从秀吉那边望过来，甚至能看清她们飘动的华丽彩袖。

"诶?"

秀吉的近侍们面面相觑,谁都不知道那人的身份。

大家很清楚秀吉并非是要追究那人的无状,他现身市场时就对商贩与聚集的民众再三强调无须拘礼。

即便如此,近侍还是开口问道,"大人心中是否不快?"

秀吉不耐烦地摆摆手,"谁说我不快了,你们再瞧瞧他的骨相。"

"这……"

在秀吉的提醒下,摸不着头脑的近侍们仔细打量了那男子,然后几乎同时发出惊呼声。尽管刚才就已经注意到了,但着实过于魁梧了。那男子坐下后,在他身侧进进出出的男女仆从就宛如孩童一般,身长恐怕接近六尺了。

近六尺的男子沉甸甸地坐在床几上,关注着市场的一举一动。远远望去,就像一位高坐在幕帐中的武将,正注视着敌阵的一举一动。

"终归不会是个无名小卒,去打听一下为好。"

听秀吉这么一说,近侍立即吩咐一旁的随从前去问话。

随从很快就回来了,近侍回禀秀吉:

"那人说他叫霍然道顿。"

"霍然?"

秀吉大为惊诧,如此怪异的姓氏。

"不是姓氏,是绰号。说是河内久宝寺村的人,那里的人都避讳自报姓氏。"

"一介平民?"

秀吉有些失望。

"也不能说是平民,是久宝寺、平野一带的大家族,富甲一方。"

"问的本人?"

"问的菜市的人。他今日命人来菜市收购,自己也顺道来参观参观热闹的市场。——之所以叫他霍然是因为……"

秀吉探出身子,"哦,为何这么叫他?"

"前些日子,他患了眼病,最后不知为何自己就霍然痊愈了,所以取了这个名。"

"什么嘛,是这个霍然啊。"

秀吉苦笑起来,本来还期待有什么能配得上那身骨相的、更精彩的故事。

"姑且先把他叫过来吧。"

随从过去传信。

秀吉一直盯着随从,看着他走向道顿。

随从似乎正在向道顿传达秀吉的意思,不过道顿仍稳坐在床几上。

左右仆从似乎在提醒道顿，他们一左一右抱住道顿，将他从床几上架了起来。道顿着实不是一个灵巧的人，这不，又重重地滑落下去，正好给仆从磕了个头。

秀吉饶有兴致地看着这一切。

当他看到道顿又缓缓站起来时，慌忙招呼左右的人，"快看啊"。

结果，站起来的道顿身长竟不足五尺二寸，光看脸还以为是个魁梧的人。五短三粗的他身着时下最流行的茶人装束，来到了秀吉的面前。

他晃晃悠悠地跪下去，向秀吉叩拜，那个巨大的脑袋长得好似装米的草袋。

"喂，塞满大米的草袋上生出鼻子眼睛来了。"

秀吉抓着裤裙打趣道："罢了，我有话问你，先把头抬起来，抬头。"

道顿抬起头来。

大脸中间的两只小眼睛一眨一眨的，表情愚钝，活像一条刚被吵醒的深海鱼。自己为什么会被带到这里，一副丈二和尚摸不着头脑的样子。

"你叫霍然？"

道顿又开始叩头。

"看着我说话。"

那个胀鼓鼓的米袋又抬起来了。

"仪表堂堂。"

秀吉看起来心情大好,然而道顿却眼睑低垂,难以揣测秀吉的心思。

"喜欢女侍?"

道顿的脑袋又磕下去了。

"看着我说。"

头又抬起来了。光看那张脸,那风采就像坐拥百万兵马,荡平天下的英雄豪杰。

"那些女侍是霍然的女人吗?"

道顿又开始叩拜。

"看着不赖。"

"大人过奖。"

道顿面露喜色,终于开口了。

"带过来。"

仆从将女侍们领了过来,均是二十上下的年轻女子。

"她们都是你的房中人?"

"是。"

道顿小嘴微启,眼中也渐渐有了生气。秀吉让道顿报上她们的姓名。

"枫。"

道顿从右到左开始招呼起他的女侍们。

"鲷。"

鲷面相白净。

"这是藻,藻……"

说起藻,道顿的心情似乎愉悦起来,话也多了,"别看她是斜眼,恕我多言,她体有香气。"

"哦!"

秀吉饶有兴致地打量起藻来。藻手脚粗壮,貌似出身农家。皮肤虽说黑了点,但看起来聪明伶俐。其实也没有到斜眼的程度,她抬头看向秀吉,眼神中散发着奇特的光芒,没有一丝胆怯。

"她们都是霍然亲手养大的吧?"

秀吉盯着藻看入了神,好像十分中意她。

"都是我一手精心栽培的。"

"愿意为我割爱否?"

"这可是她们一辈子都求不来的福气。"

道顿抬眼大声说道:

"想要谁,您尽管说。"

"我要藻。"

"藻——"

道顿微微面露难色,他好像对藻情有独钟,但很快就整理好心情，恢复泰然自若的神情，他庄重地吩咐藻：

"藻，还不快上前谢礼。"

（二）

这位霍然道顿就是后来因开发大阪道顿堀而广为人知的安井道顿。

虽然道顿堀天下闻名，但安井道顿本人的事迹却鲜为人知。就连他的出生地也众说纷纭，有的说是久宝寺村，也有的说是平野乡，甚至还有人说他根本就不姓安井。

当然，因道顿堀而名声大噪的安井道顿是真实存在的人，他的后人至今还生活在大阪天王寺区的上本町八丁目。

在历史上留下丰功伟绩的人却生平成谜，这反而勾起了人们的兴趣，那么就来说一说这个"霍然道顿"的故事吧。

在新村出博士编纂的《广辞苑》中，"霍然"这个词有四种语义，分别是：

①疾病霍然痊愈，完全恢复。

②泰然自若，置身事外。

③发呆貌，心不在焉。

④若无其事，满不在乎。

那么道顿的"霍然"属于哪一种呢?

就因为眼病霍然痊愈就取名为霍然,这个解释也太索然无味了。特意取了"霍然道顿"的名号定是出于别有意趣的什么理由,应与他的性情为人有关。

然而,《广辞苑》中并没有解释"霍然"这个日语词汇始用于何时,在当时又是何种语义。若贸然用方才的四种语义去揣测道顿的形象,似乎每一种都能找到对应的部分。

在"霍然道顿"的故事里,道顿爱着十八岁的少女藻。

藻出身于佃农之家,十二岁时就在道顿房中当差。皮肤如丝绸般细腻光滑,且天生媚眼如丝,散发着成熟女人的风情。这或许也是因为她有些斜视,还有近视的缘故吧。

照摄津一带的说法,道顿就是个"随心所欲"的人。他活得自在任性,一门心思都想着如何培养藻,仿佛他的生活里就只有这一件事。

那时,他从大阪城一位相识的儒生那里听到一桩怪异的事,说是中国流传着一种说法,不要给少女喂食鱼肉或其他肉类,如果只喂食果蔬的话,身体便可散发出芳香之气。

"真有此事?"

道顿两眼放光,于是自藻十二岁那年起便用此法养育她。藻发育迟缓,直到十七岁才发育成熟。又过了一段时间,藻的身体开始散发出芬芳香气。她脖颈处的香气酷似百合花，一出汗，又像成熟的乌瓜。当然，道顿是在床上嗅到藻的汗味的。

某日，就是刚才那个故事发生的当天，在返回久宝寺村的路上，随行的徒弟道卜有些担心道顿，"那样真的可以吗？"

他深知道顿如同盆栽一般精心养育着藻。

"也是无可奈何的事。"

道顿无精打采地说道，心中想必有几分落寞。但他原本是个豁达通透的人，脸上仍保持着一贯的泰然自若。

"道卜……"

藻的事已经释怀了，但道顿却无法抑制兴奋的心情，"那真是关白大人吗？"

"正是关白殿下。"

"是真的吧？"

"长得与传闻中一模一样，那长相与众不同，万中无一，不会有假。"

"我竟与关白殿下说上话了。"

离开大阪回河内久宝寺村的路上，道顿一直重复着这样的对话。

"在我们乡，还没有人有我这样的福分吧。"

"可不是吗？"

道卜无奈地应酬着道顿。

面对道顿的自我感动，年轻的道卜无法感同身受。即便将关白秀吉与本家道顿放在一起，他的眼中也只有他的主人"霍然道顿"而已。

如果说道卜眼中的道顿是庄重威严的，那么床几上的秀吉就是轻浮的。在庄严的道顿的衬托下，秀吉反而显得越发轻佻了。从一介步卒成长为马上平天下的怎会是这种人，瘦小的秀吉让道卜都觉得有些失望。

说到底还是比错了对象。

这个对象就是道顿。无欲无求，面宽脸大，心思总是难以揣测，跟这样的人放在一起比简直就是一种不幸，可以说是秀吉的灾难。

"或许……"

道卜边走边想：

道顿若是生在别处，如今平定天下的说不定就是他了。

而那位道顿一路上却像个天真无邪的孩童般兴奋。一回到久宝寺村，他便向全族通报了今日的奇遇。翌日又请来全乡五百名乡亲，大摆了两天的筵席，盛情款待。

"真是久宝寺全乡的荣耀。"

其实道顿是滴酒不沾的，只能兴致缺缺地望着觥筹交错，热闹非凡的宴席出神，偶尔拍拍手召唤鲷。每次一拍手，鲷就为他端上甜瓜。大家都在饮酒，道顿则不声不响地啃着爱吃的甜瓜。

"枫。"

一招呼枫，枫就扶起他的手，服侍他去如厕。一旦来了兴致，甜瓜越吃越多，枫就有的忙了。

席间的应酬接近尾声，这时道卜上前恭喜道顿：

"真是可喜可贺。"

"啊，确实是莫大的荣耀。"

"对于安井家来说，比起那件事，昨晚一声召唤就能出动全乡五百人聚集于此，没有比这更值得庆贺的事了。"

"乡亲们前来也值得大肆庆贺？"

"一句话就能号召五百人众，即便是在摄津、河内、和泉一带，也只有道顿大人这样的人物才能做到。"

"又不是要去打仗。"

道顿有些诧异，道卜也笑了，"曾经不也出过楠河内判官那样的人物吗？他号召河内百姓与十万坂东武士拼死一战。这样说来，以安井一门的实力若是占尽天时地利，说不定也可一争天下。"

道卜拿这个开玩笑也是想道顿多些自信。今日，就在此处，五百河内百姓齐聚一堂，要说是因为安井家的财富，莫不如说是道顿本人的名望。

就因为与关白搭上了话,主人就高兴成这样。身居高位之人与平头百姓的区别不过在于有无贪欲而已,主人也太看轻自己了。

道卜本是道顿叔父的庶子,幼时便养在久宝寺安井家。长大后在河内高安山脚分了几亩田产,新建了宅子。但与妻子和离后又重新回到安井家,做了这里的管事,一直过着单身生活。这样做虽然有各种各样的原因,但其中有一点就是太喜欢道顿这个人了。

"要我说,大人就像朴树。"

道卜常常在乡亲们面前这样形容道顿。

"什么朴树?"

"就是那棵朴树。"

安井家中庭的角落里长着一棵巨大的老朴树,这棵参天大树枝繁叶茂,像一把足以扫天的扫帚。虽然平日看着没有什么用处,可若有一天需要这么一把扫帚的时候,除了将安井家的这棵朴树连根拔起之外再无他法。道顿也是如此,平日看着无所作为,但当世间也需要一把荡平天下的扫帚时,就是道顿该出场的时候了。

然而天下并没有发生需要道顿出场的大事,一年风平浪静地过去了。又是一个夏天,一个烈日炎炎的午后,河内国久宝寺村的安井家突然迎来了秀吉的使者。使者端着一个盆，这个描着金漆彩画的盆里正游着一尾锦鲤。

"此乃殿下所赐之物。"

"这个盆？"

道顿一脸惊诧，道卜扯了扯他的衣袖出声提醒，所赐之物乃盆中锦鲤，不是那个盆。道卜代道顿跪地叩谢，"谢殿下赏赐。"

使者拿着盆走了，道顿看着留在眼前的那尾二尺锦鲤，开口说道：

"这是什么意思？吃的？"

"是送来让我们养的吧。"

"这是出个谜语让我们猜？"

"不，应该是作为献上藻的回礼。"

"啊，这样啊。"

道顿恍然大悟，脸上厚厚的赘肉放松下来，忍不住笑起来，"藻的事我都忘了，她在那边应该服侍得不错吧？"

"想必侍奉得很好。"

"她是个不错的女人。"

道顿说完舔了舔嘴唇。自从献出藻后，他从没向道卜再提起过任何关于藻的事。不是努力想要忘掉藻，在外人看来，他已经从心里彻底忘记这个人了。

只不过藻还在时，道顿午休总爱让藻侍寝，说是藻的体香能祝他入眠。自从藻走后，道顿总是一个人休息，不再换别人侍寝。

道卜劝他另外找个侍寝的人，可道顿一口就冷冷回绝了，"除了藻，我不要别人。"

道卜不明白藻究竟是如何侍寝的，他只是觉得自那以后，道顿的生活似乎有了些许改变。

"话说这是哪里的鱼？"

道顿一边细细打量那尾锦鲤一边问道卜。

"是大阪城的鱼吧。兴许是关白大人在城里看到一个庭院时，忽然忆起院子一年前的旧主，于是便命人将那里的锦鲤送了来。"

"是想到了我啊。"

"是的。"

"你还真聪明，什么都明白。"

道顿如孩童般惊奇地看向道卜，佩服地摇了摇那颗巨大的脑袋。

道卜羞红了脸，他那点小聪明什么都不是，只不过暴露了自己的浅薄而已。道卜感到羞愧，他厌恶自己，每到这时就越发憧憬巨婴般的道顿。

"如果是替藻来的就养起来，不吃了。"

道顿的视线追随着锦鲤开心地说道，那样子已经让人分不清他究竟是在看水中摇头摆尾的鱼儿还是藻了。

"道卜，我们走吧。"

还没等道卜反应，道顿已起身走出房间，他穿上鞋走出了家门。

"我陪着您吧。"

"也好。"

道顿的大脸上绽放出笑容。

道顿离开村子，踏过田间小道，又跛过土桥，走了有小半里地。太阳渐渐西落，道顿漫无目的地走着，偶尔摇头晃脑哼着不着调的小曲。

"您这是要去哪里？"

"爬山。"

道顿站在一处陡坡前，指着眼前的山说。

"这是高安山吧。"

"正是。"

道顿提起裤裙开始往上爬，高安山隶属于信贵山脉，早些年，松永弹正久秀曾在信贵山中筑城，最后被织田右大臣所灭。

这山并不高，可道卜爬得上气不接下气。倒是他前面的道顿虽然年过六十了，然而身体里依然蕴藏着巨大的能量，步履轻快，如履平地。

"真是好体力。"

道卜感叹道。道顿出生于战国初期,到了战国末期,他的年岁已经不小了。要让道卜说的话,如此了不起的人碌碌无为地过完了前半生,真是太不可思议了。养女人,将大半生都消耗在与女人的厮混中,他与秀吉不同的或许只是有无野心而已。

爬着爬着,太阳落山了。

道顿停下脚步,坐到一棵松树下,苦笑道:

"这下完了。"

"怎么了?"

"太阳落山了。"

"您这是为何?"

道卜一边掸去道顿裤裙上的灰尘,一边问他来此爬山的缘由。

"为何?我想看看山下的村子。"

道顿云淡风轻地说道:

"可惜太阳落山了,道卜,你就站在那儿看一眼吧。"

道卜按他的吩咐站在那里。若是白天,这里可以俯瞰整个河内平原吧,当然,久宝寺村肯定就跟巴掌一样大。

可现在天色实在太暗了,道顿让他俯瞰山下的村子简直是强人所难。无论怎么瞪大眼睛使劲瞧,眼前只有漆黑一片，村庄什么的啥也看不见。

"如何，我说能看到吧。"

这下只能假装能看到了，道卜无奈地点点头。

"怎么样，就从那里开始。"

道顿用手指向那片黑暗，"挖条河通到那里。"

"河？"

"是的，河。我要挖一条长长的河，里面只有殿下的锦鲤，那里是藻的家。她在时，我没为她做过任何事，至少在她变成鱼以后，我要为她修条河。那里除了藻，没有其他任何一条鱼。今天的任务完成了。"

道卜大吃一惊，所以刚才就算划定河的位置了？

"您专门爬上来就为了这个？"

"村庄不是看得挺清楚吗？"

道顿若无其事地说完便悠闲地准备下山。即便真要挖渠引水，将田地开凿成河，告知一声就行了，何须专程爬上山来。山下的平原已陷入一片黑暗之中，道顿在黑暗中描绘着河渠的蓝图，也向道卜宣告了这一工程的开始。

"知道了。"

道卜本就十分欣赏道顿的豪情，听了道顿的话满心欢喜就应下了。他背起道顿朝山下走去，下山的路十分昏暗，背上的道顿忽然变沉了许多，他已经睡着了。道卜在黑暗中前行,摔倒了好几次,每次摔倒,道顿也会跟着摔下来。眼看道卜就要不堪重负,可睡去的道顿却一次都没有醒来。

(三)

又过去了数年。藻的河里已经长出了水藻,漂浮在水面上。锦鲤在这里生活了三年就死了。当道卜把这个消息告诉道顿后,道顿头一歪,不住地叹气,"有这种事啊",不知他为何如此感怀,或许是在感怀一件本已完全忘却的事。他看起来并未放在心上,即便鱼死了,藻本人正好好地生活在大阪城里。只要藻还安在,鱼死了也没什么大惊小怪的。不过,此时的道卜对道顿满不在乎的样子有些不满,毕竟是如此大费周章才换来的锦鲤与这条河。对此道卜也说不上是憎恶,只是觉得道顿对这世上的万事万物从没有丝毫留恋,尽管这原本并没有错。

水藻在藻的池子里长得越发茂盛了,这时从大阪传来召道顿入城的消息。于是,久宝寺土豪道顿的名号在大阪变得人尽皆知了。

"是殿下召见吗?"

秀吉已辞去关白一职,称为"太阁"。除了献上一名女子与赐下一尾锦鲤之外，道顿与这个男人之间没有任何交集，然而心中却生出一个强烈的感受，这个人是他的朋友。他与道卜风尘仆仆地赶到大阪城后，却被领到三丸一处不起眼的宅子前，有位看着颇为寒碜的小吏正等候在那里。

"殿下呢？"

道顿四下张望，可这里似乎只有小吏一人，并没发现秀吉的踪迹。

"殿下呢？"

道顿开口问那小吏。一开始，小吏似乎没有领会道顿的意思，只是盯着道顿瞧，过了一会儿才去取来大阪的地形图。

"就是这儿，是一片芦苇滩。"

这小吏貌似是个市政官，在地形图上熟练地比划着，所指之处正是东横堀川与木津川的东西连接线上。

"这里，果真有芦苇滩？"

道顿惊诧地盯着图纸，没多久他抬起头望向小吏，当然，图纸上是没有芦苇滩的，他只是百思不得其解，这小吏缘何将自己引到这里来。

道卜也从旁探出头来看着图纸，"这个芦苇滩怎么了？"

"此处若能开发，则可开辟新航线。"

"谁来开发啊？"

"此事只能恳请道顿先生了。我们考察了许多人,包括摄津、河内、和泉三地的大小庄屋,如此规模的工程需要动员大量劳动力,然而能做到的却寥寥无几,除了久宝寺道顿之外再无第二人选,您意下如何?"

"这……"

道顿一时不知如何回应。

如此浩大的工程算起来有四五里长,即便道顿有能力动员这些劳动力,也须实地考察工程的可行性。首先就是谁来承担开发经费的问题。

道卜一问此事,"无须担忧。"

小吏更回道:他说开发所需费用先由道顿垫付,之后再由奉行偿付。这样也未尝不可,但道顿担心的是以安井家的财力能否负担得起规模如此宏大的工程,就连道卜也一时语塞。

"这个嘛……"

道顿正欲开口,道卜生怕他在关键时刻说出不合时宜的话,悄悄拉住他的袖子。然而,道顿不为所动,"你们是要在这片芦苇滩里开凿出一条运河来?"

道顿的语气听起来颇有兴致。

"算是吧。"

小吏看着道顿点点头,而道顿几乎同时颔首示意,"那就干吧。"

于是,一切尘埃落定。

"日后再详谈。"

小吏起身告辞。道顿领着道卜走出三丸的官衙后,一脚踢飞路旁的石子,石子飞落河中,扬起层层青绿色的波纹。道顿看着波纹,又露出孩童般的笑容,"我也要在这里凿河了。"

道顿好像很喜欢挖渠凿川,此时开凿费什么的似乎已经完全不在他的考量之中了。想做就去做,仅此而已。道卜看着道顿始终如一的笑容,心想他若没有孩童般的理想与想象力,也就无法实现那些流芳百世的伟业了吧。

那日,道顿与道卜二人实地察看了位于东横堀川与木津川之间的芦苇滩。芦苇滩一路绵延向西,浩瀚无边,视线的尽头笼罩在一片朦胧的云雾之中。眯起眼远远望去,蒙蒙雾霭的那头偶尔闪现出隐约的白光,那是正穿行在木津川临海口的白帆。道卜一想到要筑渠凿川,将这片芦苇荡与那白帆出没之地连成一片,不禁被这巨大的工程量吓得目瞪口呆。然而,道顿似乎并不在意这些,他悠然地站在芦苇丛中,微风不断拂过他宽大的脸庞。道卜本就仰慕道顿,在他的眼中,没有比这更美的风景了。道顿欣赏着眼前的风景,不过他似乎还没意识到这里到底有多辽阔,他从芦苇丛中探出头来，仿佛一刻都等不及了，满眼都是抑制不住的兴奋，"道卜，你说我们从哪里开始挖啊？"

听他轻描淡写的口气，还以为道顿要打造的只是一盆盆景而已。

道顿与道卜回到了久宝寺村。

又过了数月，这期间大阪城三丸的官衙再没传来任何消息。或许是进展不顺，抑或是计划有变。没有消息最好，道卜反而感到窃喜。为了安井家的家产，他在心中默默祈祷那事就无疾而终吧。不过在道顿面前，他只字未提。

道顿就是道顿，不改云淡风轻的模样。他嘴上不提，不代表他忘了。他时不时取出地形图，拉着线在上面到处比划。不光如此，道顿还破天荒把算盘翻了出来，一摆弄就停不下来。道卜也不知道他究竟在做什么，或许是在盘算土石方吧。

城里再没传来任何音信，这时已经刮起了初秋的风，久宝寺村也流传出一个奇怪的消息。那是庆长三年（1598）的八月，都说太阁秀吉薨逝了。数日之后，传闻变成了事实。

当知道这个消息属实之后，道卜偷偷瞄了一眼道顿，他的表情还是如往常一样，没有太大的起伏。

但唯与往日不同的是，道顿的午休时间越来越长了。有时甚至晚膳时分都还没起身。显然,这人变得消沉了。——几日后,道顿不经意叫住道卜,"道卜。"他说,"藻该回来了。"

"嗨。"道卜心中暗自一惊。原来这些年,虽然他没有一次提起过藻,但却从未忘记过她。然而下一秒,道卜却脱口而出:

"怕是不会回来了。"

那一瞬间,一丝不易察觉的落寞从道顿的脸上一闪而逝。即使主人不在了,侍妾也未必会发配回乡。

果然,藻终究没有回来,而道顿的午休时光还是那么长。

"道卜!"

某天清晨,道顿一起床就吩咐道卜备轿,"去大阪。"

从久宝寺到大阪城有二十三四里地的路程。道顿坐在轿子上,还没来得及跟道卜交代此行的目的就已经睡去了。

不会是去见藻的吧。

道卜原本还有些忧心,不过最后证明是自己杞人忧天了。道顿下轿时只撂下一句话:

"去三丸的官衙。"

"还是上次那事?"

道顿有些不好意思地笑了,道卜不禁回以笑脸,"您是不是想去打听运河那事的进展。"

那日的小吏也在，他盯着眼前的二人看了好一会儿，才意识到他俩此行的目的，"说来可悲，如今政坛动荡，哪里还顾得上那些事。"

那小吏说的没错，道顿与道卜还不知道，秀吉死后，五奉行为了稳住当前的政局四处奔走，根本没闲工夫张罗大阪市的水运之事。

道顿一时有些茫然不知所措，但很快就下定了决心：

"别再说了，就由在下独自修建这条运河如何？"

小吏面露难色，说得先问过奉行才行。道顿与道卜又回到了久宝寺村。

那之后没多久就爆发了关原之战。且不说运河的事最后有没有上报至奉行，总之石田治部少辅殒命于六条河原，长束正家也自裁了，增田长盛最终被流放，至于其他的奉行也发生了巨大变故。何止如此，可以说整个丰臣派系都已分崩离析。不可思议的是只有道顿初心未改。

㈣

关原之战结束后，秀吉的遗孤沦落为仅在摄津、河内、和泉三地享有六十五万石领地的领主而已。丰臣家日渐没落，片桐且元成了丰臣家的新执事。在第三方的斡旋下，道顿见到了且元，自请修筑连接东横堀川与木津川的运河。

"若是由你个人承担，悉听尊便。"

且元很爽快地就点头了。夹在丰臣家与德川家之间，与淀君、大野治长又心生嫌隙，这一切都让他焦头烂额。就是这样一个胆小无能之辈，又怎会对大阪的市政之事有丝毫关心。

"那个……"

怕是不好办吧，道卜话到嘴边又咽下去了。罢了，这么大的工程没有官家的资助是不可能完成的。

他看向道顿。

结果吓了一跳。道顿正眯起眼在打盹。此刻，道顿与且元面对面地坐着，然而打盹的道顿在气势上反而远胜于且元。眼前这一幕让道卜明白了，与这位瘦小的官员多说也是徒劳，他终于下定决心，要与道顿携手共创大业。

第二天，道卜就开始张罗起来。他是个踏实可靠的人，一边在指定区域拉绳测量，一边奔走于大阪城的富商之间筹措资金。木津川的入海口汇聚了西国来的商船，如果能建成运河互相联通，那些商船就可以直接驶入并停靠在大阪城下的贸易中心。这将给商人们带来不可估量的利润，自然也得到了大多商人的支持。

如果要征发劳动力,凭安井家的声望可以从久宝寺村动员五百人。但这还不够。道卜又说服安井家的亲戚,平野乡的土豪平野藤次,借助平野家的力量动员到更多的人。若将所有人都加起来,每日可动员的劳动力则达千人。

那个冬季的农闲期,道顿与道卜将数量庞大的人夫领到那片芦苇滩,命他们凿出一条运河,从这里一直联通到木津川临海口的白帆出没之地。

挖出的土石方就用来填平两岸的湿地。道卜为道顿在东横堀川旁盖起了三层的临时住居,道顿就生活在这栋临时小楼的最高层。

这个房间不大,四面的窗子大大敞开,所以在这里午休感觉四周都很空旷,仿佛睡在半空中。

道顿很喜欢这个临时住所,睡饱了就看向窗外的芦苇滩,从这里可以远远望见施工现场。工程迟迟没有进展,即便如此,浩浩荡荡的一群人仍在挖土刨坑,这是道顿最喜欢看的光景。

有时,他自己也会混入人夫中举起铁锹刨两下。道顿自小便臂力惊人,只不过现在真是老了,每挥一下铁锹都觉得喘不上气。

"嗨哟……"

道顿嘴里喊着号子,每回他手中的铁锹一落下,周围的人夫便发出欢呼声,还会喊出"嗨哟"来附和他。

道顿在这些人夫中很受欢迎,只要他那张大脸出现在施工现场,歇在一旁的人夫都会围拢过来,甚至还有人伸手去触碰他。道顿也只是笑眯眯的,照人夫的话说,他的笑容有种魅力,让人当场就全身虚脱,瘫软在地。

从施工现场的东边就能望见那栋细长的三层小楼,人夫们只要在那里远远瞧见道顿大大的笑脸,手上的活儿就干得更卖力了。

其实这工程开工没多久,就传来藻去世的消息。

"听说是咳疾。"道卜对道顿说。

"是咳疾啊。"道顿消沉地叹了口气。

"听说只在刚去时侍寝了一次,此后便没再召幸过她了。"

"一次……"

道顿歪着头,一时还没反应过来道卜的话。

"一次吗?"

"是的。"

"就只召幸过一次?"

道顿不再喃喃自语,扑通一下重重跌坐在地,然后鼻孔开始膨胀,接着张大嘴巴开始痛哭起来,那痛哭声吓得道卜几乎倒退了两步。道顿仰天大哭，哭声近乎于咆哮，止不住的眼泪倾泻而出。

道卜从没见过道顿有如此大的情绪起伏。一直以来，道顿在外人面前绝口不提藻，装出不在乎的样子，其实是将对藻的思念偷偷埋藏在内心深处。

如今，他是将藏在内心深处的感情一股脑宣泄出来了吧。可是当听到藻死去的消息时，他的脸上并未流露出情绪的波动，反而是在听到藻此生只受过一次秀吉的宠幸时才变得情绪失控。

"那样的欢愉……"道顿哭喊道，"藻只享受过一次。"

"唉，"道卜安抚他，"殿下身边的女人如过江之鲫，自是顾不上藻的。"

"这是自然，太阁大人只有一个，不可能做到雨露均沾，不然岂不成怪物了。我并不怨他。"

"您还是先擦一擦鼻涕吧。"

"都是我的错，是我不该送她去那样的地方。若是一直待在我身边就能享受到人世间的乐趣，我对她做了多么残忍的事啊。"

"您的鼻涕……"

"知道了。"

道顿难得如此气恼，他起身就要离开，他一声不响地走下楼梯，道卜在高处看着他，有些担心，"您这是要去哪里？"

"无碍。"

"到底去哪儿呢？"

"没什么要去的地方，就是把烟忘在工地旁了，这就去取回来。"

道顿一副云淡风轻的模样。道卜长长地叹了口气，他就是这样一个人。再往下一瞧，道顿正晃晃悠悠地下楼梯，什么声音从他头顶传出来，好像正哼着小曲。

五

转眼到了庆长十八年（1613）的秋末，从东横堀川的临时小楼望去，大阪的风景也在渐渐变化着。

晚膳时分，城中各寺院都升起了袅袅炊烟。不光是寺院，三丸、西丸一带才建好的临时小屋也升起了炊烟。

城中各处都设有防御的鹿砦，众多武士也聚集在各街巷的路口。从诸国汇聚此处的浪人让大阪的人口增加了一倍，据说达到了九、十万人。

"这是要打仗了吗？"道顿问道卜，"看来大阪城与德川大人要决裂了。"

无论走到城中哪个路口,都有许多人在路边铺着草席兜售旧盔甲与马具。刀枪什么的也摆在小摊上卖。道卜一边在街上闲逛一边从那些商贩口中打探消息。

"哪边会赢啊?"道顿问道。

"这个嘛……"

道卜犹豫该不该将消息如实说与他听。可一想到要诓骗那般心胸坦荡之人,心中就充满了罪恶感。

"这下大阪城怕是赢不了了。"

"何故?"

"德川大人的领地遍布全国,手握精兵强将,大名们也支持他。大阪城在兵力上虽说人数也不少,但到底都是些走投无路的浪人而已。"

"可是,那些人不是曾经受惠于秀吉殿下吗?"

"殿下提拔的大名统统都倒戈相向,效力于德川大人了。"

"能成为大名的人原本就是利益至上的吧。"

道顿难得说出这么有哲理的话,表情也变得十分严肃。道卜只能附和:

"的确如此。"

道顿向来不在乎名利,哪怕有一介普通人的欲求,他这一生也不至于只是河内久宝寺村里的一个土豪而已了。

几天之后，大阪城来了使者，令他停止开凿运河。

"都已经开发到这种程度了……"道顿说道。

"还有，这小楼也拆了吧。"

使者说像这种三层的楼阁式建筑很有可能被敌军所利用。

道卜看向道顿。

以他的性格难得如此执着一件事，然而就是因为大阪城，这个让他如此执着的工程就这样被迫中断了。

然而，道顿云淡风轻地回道：

"知道了。"

就在当天，道顿亲自在临时小楼的屋檐下堆满干柴，一把火将这里付之一炬。

"道卜！"

他盯着熊熊燃烧的火光唤来道卜，脸上是从未有过的郑重表情。

"怎么了？"

"我这一生过得太平顺了。"

"欸？"

道卜大吃一惊，便问是何缘由。

"我，安井道顿要进大阪城。"

道顿凛然的语气有些出乎意料。道卜吓出一身冷汗，面对眼前突如其来的状况一时说不出话来。就是一介庶民而已，况且年事已高，该不会做出什么糊涂事来。

"您是说真的？"

"嗯，我是认真的。"

"您这是要做什么？"

"秀吉公于我有恩义在。"

这话说得，不就是很久以前，在天满川畔的菜市与秀吉有过一面之缘吗？

结果道卜一反驳，道顿却说："那也终究是缘分一场，眼看丰臣家的孤儿寡母就要败了，我道顿怎能袖手旁观。"接着又说，"况且那里曾经还有藻，若是死在藻死去的地方也不赖。"

道顿笑了。即便到了这把岁数也从未忘记过藻，此刻的他终于不用再伪装这深藏的执念。

"我即刻就要进城，你去这附近的街口为我买些旧盔甲回来吧。"

"我也要随您一同去。"

"愚蠢！"道顿又笑了，"一人足矣，两个糟老头子一起上战场太丢人了。"

道卜叫来平野藤次，二人一起苦劝道顿，可道顿仍不改初衷，"好啦，我该走啦。"

安井道顿穿上旧盔甲，在工地扔下这么一句话后便悠然地向大阪城出发了。

不久之后，大阪冬之阵爆发，接着元和元年（1615）四月又爆发了夏之阵。道顿年事已高，无法出城作战，最终在城破之后被熊熊烈火所吞噬，结束了自己的一生。有人说那年他七十岁，也有人说八十岁，总之以"霍然道顿"之名潦草地结束了一生。

战乱结束后，德川治下的首位大阪城主松平忠明为复兴大阪，首先就是完成道顿遗留的开发工程。他召来道卜与平野藤次，令他们负责此次工程。运河竣工后遂取名为道顿堀。世人皆称赞忠明英明非凡的决断。而卷入战乱的道顿却不可避免地落下乱臣贼子的名声。对于来自江户的忠明来说，这无疑成了笼络大阪町人的最佳手段。那之后，在道顿开凿的运河两岸，酒馆与剧院街繁荣兴盛，热闹非凡。直到现在，这条街的繁华仍一如从前，从未改变。

雇佣忍者

战国的武士怕也难忍冬季的严寒之苦,所以诸州合战或是小规模的交锋大致都始于早春,结束于晚秋。

可是冬季也不尽是休战的时节,诸武将即便扎营修整也不会闲着。他们从伊贺甲贺的乡士①那里雇来忍者,令他们潜入敌军阵营视察敌情。忍者绘制地图,刺探敌营内幕,可以说他们是冬季武士。当霜冻化开,迎来新一轮交锋时,在冬季情报滞后的武将必会一败涂地。

而当春天来临,那些冬季的武士则会回到各自的故乡,回到曾经的乡士麾下继续为他们耕田种地,变回一介农民。

伊贺喰代的乡士,百地小左卫门麾下的下忍猪与次郎便是他们中的一人。

从永禄三年(1560)末到翌年的农闲期,猪与次郎手持小左卫门的符节②,投入远洲浜松城城主德川家康这位年轻大将的麾下,替他潜入甲州武田领获取地形图。然而当他回到浜松城复命后却被赶出了营帐,接下来该轮到那些真正的武士上场了吧。他回到了喰代老家,时值那年的初夏时节,加太岭已生出满山新叶,猪与次郎沮丧地爬着山,又该回去种田了。

---

①乡士是江户时代的下级武士,虽属武士阶级,平时以武士的身份从事农业生产,战时从军,也被称为乡侍。

②俗称"割符",在木片、竹片等物上写字、盖印后分割成两片,当事人双方各持一片,合在一起能对上则作为日后的一种凭证。

猪与次郎回去后的第一件事就是去乡士府复命。照惯例，这些从小被乡士养大的下忍是没资格进屋的。这回，与次郎又被打发到院子里，像乌龟一样跪在中庭的沙砾上。小左卫门站在檐廊下不苟言笑地说：

"是与次郎？"

虽已年过七十，但也许是从没笑过的缘故，这个男人脸上没有一丝皱纹。他仿佛不想多话，语气有些急躁，"久不拿锄锹，腰都不利索了，明早就去樟荫的田里干活，今晚拿这些买酒去吧。"

接着，洒下来的几粒碎银落到沙砾上，与次郎趴着将碎银刨了过来。

"是。"

与次郎的声音有些嘶哑。虽然每回都是如此，但那一瞬间总会让人觉得无比生气。

"即便如此也比一介农夫强。"

与次郎安慰着自己，虽然不多，好歹能挣些现银。

与次郎没有姓氏也没有大名，今年二十七，亥年出生，所以被称作猪与次郎。他本是河内石川乡小农与五次的第三个孩子，自小就吃不上一顿饱饭。

按照河内百姓的习俗，家里的长子继承田产后，其他孩子就得去堺市、摄津平野乡的商户家当伙计。与次郎的二哥就去了堺市的胭脂铺当伙计，听说最近出息了，混成了掌柜。而与次郎在六岁时就被伊贺的人送到了这里。

河内石川乡自奈良时代就有通往伊贺的古道，两国百姓一直都有往来。伊贺的五十三位乡士中有不少人来此处物色下忍。据说在与次郎之后，石川乡又出了一名忍者叫石川五右卫门。

自六岁被带到百地家的那天起，与次郎就开始接受忍者的训练。

有时是小左卫门亲自教导，有时是一个叫"藁猴"的下忍管事训练他们。

有好几个人因头被强摁在水里长达五分钟而窒息身亡了。

他们还会让孩子用糨糊在鼻头上贴一张纸，然后跑十条街，若是跑的时候纸动了就要遭受弓杖无情的抽打。残酷的训练让孩子们生无可恋。

"如此没用不如死了算了。"

于是，孩子们只能咬牙熬过那段地狱般的生活，之后便开始研习刀剑之术，在那段日子里他们快速成长起来。

接着，他们学遍了偷盗术、易容术、睡眠术、幻术以及诸国方言。忍者出师之后，便会应各地武将之需遣送各处。忍者没什么出师证明，判定一个忍者是否合格，就看他能不能靠这门技艺赚银子。

与次郎身手敏捷，脑子灵活，十九岁就被遣送至越后的上杉家，二十一岁又受雇于土佐的长曾我部家，在攻城、夜袭方面都有丰富的经验。

如有需求，诸国大将会遣人支付酬金给伊贺乡士，然后根据任务挑选适合的忍者。若为攻城或扰乱敌后方之用，则需大量忍者，若为秘密侦察所用，则须指定擅长此道的忍者。

让与次郎生气的是，赚钱的只有那些村主、名主，他们就是伊贺本地像百地小左卫门这样的乡士，忍者这行把他们称作"上忍"。例如忍者传说中的百地三太夫相当于上忍，而活跃在说书人口中的猿飞佐助、雾隐才藏就是下忍。

放到现在的保险行业，上忍相当于代理店主，下忍就是业务员。

"与次郎！"

踏出主屋的院子，与次郎听见有人招呼他，在一处灌木丛边停下脚步。朝阳洒向金松，只有一角呈现出宛如海底深处的青绿之色。只见一女子右手搭在树上，左手招呼着与次郎。与次郎皱了皱眉，走入那片青绿的世界。

"蹲下。"

女子将唇凑到与次郎的耳畔让他蹲下，她的长袖中弥漫着阳光的热气。

"父亲跟你说什么了?"

"说什么?"

"好啦,就是我跟你的亲事。"

"没提这事。"

"装蒜的老狐狸。"

"确实不好办。"

与次郎忽然笑了,但立刻又恢复成一本正经的表情。女子口中的父亲就是百地小左卫门,而这个女子便是他的女儿木津姬。

"可是不论如何,主上也不会同意自己的女儿嫁给一个下忍的。"

"才不是,你不在的时候我已经跟父亲吹过风了,父亲那时还说好呢。"

"但是……"与次郎还想说什么,嘴就被木津姬的手堵住了,她直勾勾地盯着与次郎,"与次郎,现在你可是我夫君了,不许变心哦。"

与次郎只觉得全身力气都被抽空了。

在女子当中,木津姬算是少有的大骨架体型,身长五尺二寸,是个美人儿,不过性情彪悍。她的眼睛生得很美,相较之下嘴唇看着有些猥琐,与她有瓜葛的下忍可不止一两个。木津姬曾嫁到柘植的上忍家,和离后又回来了,现下已二十有四,她自己也着急了吧。就在与次郎前往甲斐武田领的前夕,那一次说不上是谁主动,二人在小竹林里发生了关系。

"与次郎,你好棒。"

完事后,女子亲热地拍了拍与次郎的屁股,"我去求父亲让我们成亲。"

"啊!"听到这话的与次郎惊得说不出话。他一介下忍没钱没地,与其他人一起生活在主君宅邸的小屋里,他们几乎没人娶妻,若出门在外就从盘缠里挪出点银子去找女人,一回到乡里就去勾搭附近的妓女。与次郎学着学着就与木津姬发生了关系。不过,就算木津姬说要跟他成亲,但百地家已有继承家主之位的长子,所以即使给这家人当了女婿,也休想从小左卫门那般吝啬的人手中分走一块田地。何止如此,要真成了一家人,可以无比笃定的是会遭受比现在更严酷的压榨。与次郎的处境似乎变得有些糟糕,可他不以为意,反正等到从甲斐回来,木津姬怕是早忘了此事。然而不幸的是,那个女人并没有忘。

"今晚等你。"

木津姬也在金松旁蹲下来,低声说道:"还是上回那个竹林哦。"木津姬站起身,衣服的下摆舒展开来,散发出女人的味道。与次郎耷拉着脑袋,木津姬将唇凑到他的脖颈处轻轻呼了一口气,仿佛是在宣示她的爱情,然后又抿嘴笑起来,而与次郎只觉得像被水蛭吸了一口。

那天夜里,与次郎并没有出现在木津姬说的那片竹林里。木津姬在府邸里四下寻找,最后开始一间间探查下忍们住的小屋,结果还是没发现与次郎。——她自然是寻不到与次郎的,因为就在那天晚上,与次郎拉上与他同去甲斐的兄弟平野马童子一起跑路了。

"连马童子也跑啦?"

"本来就是个没主见的,怕是被巧舌如簧的与次郎给诓骗了。"

当天深夜,与次郎的兄弟们聚在一间下忍的小屋里商讨善后之策。这间小屋的主人叫平野足长,现在除了下忍的管事藁猴,聚在这里的还有末清吉、柘植妙阿弥、笠取黑伤等人,他们都已年过五十,干不了忍者了。

"真的跑了?刚才还在后门撞见他了。"黑伤说道。

这个男人的左腿自大腿根儿以下都没了,也不知是不是以前潜入他国执行任务时被砍断的,反正现在与其他上了年纪的老忍一样,靠乡士的一点施舍勉强在这里养老。

"有些话老早就听他讲过,说得也不无道理。年轻时就想做一辈子下忍到头来又如何呢？豁出性命连娶妻的银子都挣不到，还被那些军营里的武士瞧不起。一旦上了年纪，咱们这些人不就是最好的例子吗？勉强有口饭吃，只比乞丐好一些，这世上就没有比伊贺下忍更惨的了。"

地板上铺着劣质的草席，上面歪歪扭扭倒着豁了口的茶碗，里面还盛着酒。

"没了与次郎和马童子，咱们连晚上喝的酒都没有。"妙阿弥说道。

事实上，除了与次郎和马童子，百地家已经没有年轻的忍者了。直到去年，除了他俩本来还有三名忍者，结果受播州小寺家之命潜入三木城时，因暴露身份而丢了性命。多亏有年轻忍者挣银子，老忍们才有赡养费。

"与次郎和马童子都……"

最后，管事藁猴静静地抬起头，他的脸被火药熏得漆黑，"他们打错了算盘，以为可以独当一面，想出去自己揽活儿，但诸国武将只会雇佣手持百地小左卫门符节的忍者，谁敢轻易雇佣没有符节的忍者？更何况若伊贺向诸国发出通告，就更不会有人雇佣他们了。"

"那得落草为寇了。"

"不会，与次郎说过他哥哥在堺市，想去投奔哥哥从商。"

"忍者也能从商？"

"这种事照伊贺的规矩该怎么办？"藁猴最后问道。

大家面面相觑，心知肚明，逃跑的人必会被处死，只是现下若连与次郎和马童子都被处死了，那百地家的财源就断了，这些老忍的赡养费自然也没了。

"真要按规矩办吗？"

在座的一半人都摇摇头，还是好生安抚将他们劝回来吧。也有人说这样会坏了伊贺的规矩，但无人回应。最后藁猴开了口：

"不知主上会怎么办，说到底也是看主上的意思。"

藁猴来到主屋，走到小左卫门跟前，此时木津姬正在给他揉腰，只见小左卫门趴在榻上，矮小的身体随着木津姬手肘的动作而晃动。因为是下忍的管事，藁猴这才能踏进主屋。

"杀！"

小左卫门享受着木津姬的服务，平整没有褶皱的脸上毫无表情地蹦出这个字。

"木津没有异议吧？"

"没有。"

木津姬仍面不改色地揉着小左卫门的左上臂。藁猴不屑地笑了，他知道这个女人跟与次郎的那点事儿，不过他向来对这种男女之事毫无兴趣，女人守不守妇道也不是他关心的事。

"要怎么做？"

"先通报服部一统，还有龙口百地、柘植、名张各处，加强六关关口的戒备。还有，与次郎和马童子很有可能从御斋关出关，不管是经由大和逃往河内、摄津，还是上京，御斋关都是离开伊贺的必经之路。小屋里的所有忍者统统出动，就在那里解决他们。"

"与次郎和马童子可都不是好对付的剑术高手。"

"那就用石头和火枪收拾他们。"

"但与次郎和马童子要是死了，诸国再来喰代要忍者怎么办？就咱们也干不了攻城纵火的活儿。"

"到时就去找龙口、服部他们。"

乡士门下若没有可用的下忍，通常会找其他相识的乡士借用。不过一旦沦为中介，不但门第降格，收入减少，还会被同国的其他乡士瞧不起。

说到这个，藁猴劝道："权当是为了喰代百地家，就先忍忍吧。没有下忍就立不住家业，饶他们这一回，也是我们小屋里所有老人的请求。"

"若是这样的话……"

木津姬停下手上的动作，雪白的面庞转向藁猴，"留下马童子,杀掉与次郎不就行了。马童子也是被教唆的,罪不至死。"

木津姬憎恨逃跑的与次郎,也许只是一瞬间,她脑中就闪出这个念头,舍弃与次郎与马童子成亲。

藁猴当下就识破了木津姬的真实想法,他知道这个女人与马童子也有关系。不过他不想纠结于这些情事,忍者只有无情才能出头。木津姬心中无非是男女之事,相较之下,这家人对年轻下忍的性命是如此轻贱,让人难以忍受。不过,这个老忍并不是出于对与次郎和马童子的关怀才这么想,他纯粹是出于利益上的考虑。

与次郎和马童子是藁猴养大的,老忍训练年轻的下忍,让他们替主君赚钱,这背后也有他自己的私心。自己很快就老了,到时还要靠这些下忍赚的银子养老。年过五十,迟钝的身体已经干不了忍者了。喰代百地家的小屋里年轻忍者本就不多,况且还有五个老忍,要是赚钱的两个年轻人死了,主上家还会不会继续施舍他们都是未知之数,如果以断了财源这样的理由将他弃之荒野,又叫他情何以堪。

"那些下忍为您卖了四十年的命,您要不要看在他们的请求上……"

藁猴没出息地抬起布满褶皱的秃头,正想磕下去,没想到动作停在了半空中。从长屋门那边传来一阵骚动,他竖起耳朵，声音越来越近，不久就传到了中庭，"父亲大人，抓回来了，一直骑马追到上野的街头才逮住的。自打他们出了这个家门，我就觉得可疑，他们真蠢，有人跟着都没察觉，只是让与次郎给跑了。"

说话的年轻人站在长着藓苔的中庭，身形微胖，窄额头，厚嘴唇，眉眼狠戾。木津姬站起身，在廊下蹲下来，举起烛台照向二人。只见年轻人魁梧的右手拽着马童子的衣襟，马童子则趴在地上啜泣，一路上怕是被打得站不起身了，从脖子到肩部都沾满了血，血里还夹杂着沙子。

年轻人叫小十，是小左卫门的总领，今年二十四岁。

"这不是马童子吗？"

廊下传来木津姬的声音，她举着烛台细细打量，饶有兴致的眼神仿佛是在打量猎人从山中打回来的猎物尸身，眼底透着兴奋的光。她盯着马童子无意识地伸出舌头，用湿润的暗红色的舌头慢慢舔了舔嘴唇，"马童子，要不要跟我成亲？你要娶我的话，我就给你松开。"

"想男人想疯了吧。"

小十啐了口唾沫说道。

小左卫门紧紧盯着这边的一举一动，他趴着朝小十招了招手。小十点点头，将绑着马童子的绳索系到松树上便径直走上前去。木津姬随后也站起身与小十围在趴卧的父亲身旁，三人窃窃私语在商量什么，声音压得很低，离他们有些距离的藁猴什么也听不见。

一旁被遗忘的藁猴无所事事，百无聊赖之际用唇语跟中庭的马童子搭上了腔。

怎么绳子都挣脱不了？那点功夫不是从小就教给你们了吗？

手和肩的关节都被他们弄脱位了。

难怪，绳索脱身术需要忍者自己将身体关节弄脱位，若捆上绳索之前关节就已脱位的话，就没有余地再挣脱绳索了。

怎么没跑掉呢？

在街上冷不防从后面被马踢翻了。

与次郎呢？

他见我被踢翻一把就将少主推下去，然后自己跳上马，我原以为他要拉我一把，结果他径直就朝御斋关的方向跑了，我真后悔听了他的话。

也没啥可后悔的。

"藁猴！"

听见小十唤他，藁猴回过头。

"说什么呢？"

"没什么。"

"明日一早在六关处置马童子，黑伤、柘植妙阿弥还有你，你们去办，不过动手前必须解开马童子的绳索，剩下的就由你们自己看着办吧。如果马童子赢了就饶他这一回。"

原来如此。

藁猴本想开口说什么，终究没说出口。他只能呆坐在地上，就像丢了魂一样。没多久，他默默走出主屋，没有发出一点声响。

走出外廊，他抬头望去，一轮白色的弦月高挂在伊势群山之上，冷冰冰的，仿佛预示着死亡。藁猴缩起脖子，低声私语：

"这下活不了了。"

在他看来，这就是主君一家清除老忍的计策。处置马童子只是体面话，其实就是让他们拿起武器自相残杀，若真打起来肯定赢不了年轻的马童子。而马童子为了脱罪，必定也会豁出去与老忍拼死一战。

"人都会老，有这样的主君，马童子终究也难逃这样悲惨的下场。"

藁猴忽然怀念起伊贺新堂氏的主君新堂景胜，他曾在幼时养育过自己。景胜是一名出色的上忍，就连伊贺北面的甲贺忍者也与之交好。上了年纪后，他自知无力看护一众下忍，于是将田产分予老忍，又将年轻的下忍托付给相识的主君，安顿好一切便遁入鹿岭山中隐居去了。藁猴就是在十六岁那年被送到百地家，自那之后没有安心过一天。可即便如此，他从未想过像与次郎那样逃离这里，因为他知道伊贺甲贺之流的乡士家族大抵都是如此。所谓的忍者从来只有无情与算计，在这个以此谋生的行当里讲什么人间真情才是可笑。所以他也不觉得生气，也许换成是他也会这么做。

百地家西侧有个晾谷子的大院子，围着高墙，黑伤在南，马童子在北。

黑伤坐在地上，没有拿剑，这个男人腿脚都站不稳了，或许自己也觉得什么都做不了了。他时不时端起豁了口的茶碗猛地灌一口浊酒。

"来得挺早啊。"黑伤朝马童子大声喊道。

他有些醉了，或许就想带着醉意这样离开了吧。马童子不为所动，剑的护手近在他的唇边，剑尖迎风斜指右上方，左脚微微抖动，样子甚是可怕。他知道黑伤怀中有一枚星形飞镖。一刻钟后，从廊下传来总领小十极不耐烦的声音：

"怎么，马童子，怕了吗？"

马童子听到这话像受了刺激似的跑起来。黑伤看着他淡然地笑了，那笑容瞬间僵住，一枚飞镖随之掷向空中。

一抹黑色划破长空，只见马童子向右踉跄了一下，尖锐的声音贴着他的脸颊呼啸而过。那枚飞镖在空中画出一道平稳的弧线，最后竟出乎意料地猛然扎进窄廊的柱子上，而此时这枚飞镖与廊下的小十仅有一尺之差。

当飞镖扎进柱子发出干涩的回响声时，鲜血四溅的黑伤已伏诛于马童子的剑下。他的茶碗滚落在地，鲜血中夹杂着浓浓的廉价酒味。黑伤的飞镖一开始究竟是射向马童子的还是瞄准小十的，现下只能去问他的尸体了。

"下一个！"小十说道。

轮到妙阿弥上场了，他手里拿着剑。

妙阿弥身高不足五尺，佝偻着腰，身材瘦弱。他曾受雇于小田原北条家，据传在这个男人面前，任何城门、城墙都形同虚设。相模城、下总城、伊豆城，这些大大小小的城池妙阿弥都潜进去过。直到现在，关东一旦有战事发生就有大将指名要用他。只不过年过六十后，这些活儿都被他推掉了。

"对方说你年纪大了不用亲自去，传授攻城的诀窍就行。"

已经应下了雇主的小左卫门总是试图说服妙阿弥，但他从来都不松口，"南无阿弥陀佛……"

"蠢货！"

小左卫门握紧拳头，近来净土宗流行，妙阿弥也开始沉迷于那些莫名其妙的教义中。

　　净土宗的一遍上人智真是个喜欢游历的老人,他提倡的新教义排除一切清规戒律,看破生死,主张只需口诵"阿弥陀佛"便能立地成佛。乱世中的百姓本就挣扎在痛苦之中,所以从京城流行起来的净土宗很快就得到百姓的拥护,近来在伊贺这种宗教意识薄弱之地也变得大受欢迎。

　　"南无阿弥陀佛……"

　　"别念了!"

　　小左卫门勃然大怒,再没去找过妙阿弥。

　　因脸长得名的马童子慢慢靠近妙阿弥,与笨拙的长相相反,他的身手出乎意料的敏捷,他高超的剑术也得益于此。剑术原不是什么神秘的技艺,关键是反应快,腕力强,通过训练让自己出剑比敌人更快,而马童子在这些方面都非常出色。

　　妙阿弥的剑术并不出色,他右手提着剑呆站着。风拂过他的脸庞,他眯起眼空洞地望向远方。

　　"不打算动手吗?"

　　小十看着他俩,急不可耐地催促。

　　马童子缓缓举起剑,摆出决斗的姿态,而妙阿弥却没有动作。

　　"哈!"

妙阿弥如同枯木一般应声倒下，手里还提着剑。

"呵呵……"

妙阿弥倒下时发出释然的笑声，马童子吓了一跳，猛地后退一步。妙阿弥嘴里还在呢喃自语，或许还在诵念他的"阿弥陀佛"吧。

"这下，我终于可以去极乐之地了。"

妙阿弥低吟出最后一句话就断气了。

"下一个！"小十喊道。

但是坐在院子前的蘘猴并没有起身。

"起来！"

"起不来。"

蘘猴讥笑道："明知去送死还能站得起来吗？"

"你要忤逆主上？"

"有命才有主上。蘘猴既不像黑伤身有残疾，也不似妙阿弥深藏佛心，我还不想离开这人世，今日就放我走吧。"

"哎哟喂。"蘘猴站起身来，用纤细的双腿支撑着老朽的身体向前走去。

"慢着……"

小十正要开口，小左卫门用眼神制止了他。如果自愿离去也没必要非杀了他。蘘猴就是蘘猴，他已时日无多，今后就靠乞讨了此残生吧。

藁猴来到京城，索性在四条河原的小屋安顿下来。虽然靠别人的施舍为生，但还没到活不下去的地步。以前做下忍时，藁猴就常常这样乔装潜入他国，况且因无休止的战乱，现在的京城已有五分之一的人过着与乞丐无异的生活了。

住在河原小屋里的乞丐们在屋前卖艺乞讨，有耍木偶戏的，有着僧装表演杂耍的，如果没有特别的才艺也可以现学现卖，一边念经一边跳起诵经舞。

"无聊的话要不要去河原？"

但凡京城里的人这么说其实就是去河原看乞丐的。讨饭还得有吸引人的才艺才行，只有江户后期的乞丐才会啥也不干，一路只会伸手要饭。然而在战国时代，不管是残羹冷炙还是几个铜板钱，京城里的乞丐们都得拿出点手艺来换。

藁猴毕竟是老忍了，河原艺人那点糊口的手艺还是难不倒他的。

总之以后的日子总能糊弄到一口饭吃。

此时，小屋前的椿树下已经聚满了吵吵嚷嚷的看客。藁猴站起身从后面朝人墙里一看，"各位，你们知道何为吞马术吗？"

啊！藁猴大吃一惊，那人分明是与次郎。

"顾名思义，就是把马吞下去。"

椿树下拴着一匹马,好像就是从小十手里抢来的那匹。与次郎指着那匹马,"我会吞下这匹马。"

又开始这种玄乎的把戏了。

藁猴苦笑起来,我要是再年轻个二十岁也会这等幻术,只要在高潮的瞬间让围观之人集体陷入催眠状态就行了。只不过想催眠别人必须先让自己在精神上保持高度集中,藁猴这把年纪是做不到了。围观的看客一旦陷入催眠状态,只需大喊一声"下雨啦!"

人们便会抱头四处逃窜。万里晴空下,他们麻痹的脑子里却在下着无情的倾盆大雨。

与次郎时而念叨时而沉默,吊足了看客们的胃口,不一会儿,他手里好像多了一样东西,"那就从腿开始吃吧。"

众人瞬间变得鸦雀无声,像呆子一样张着嘴,无法思考的眼眸齐刷刷地盯着与次郎。

"吃了哦!"

话音未落,与次郎就将马的后腿塞进了嘴里。众人似乎不觉意外,仿佛眼前发生的并不是什么神奇的事,他们流露出茫然的表情,好像一切都那么顺其自然。

与次郎吞下一只腿又说道:

"这次轮到屁股了哦。"

为防止众人清醒过来,他一直喋喋不休地念叨着,比如马腿为什么能吞进嘴里？他引导众人不停地思考，让他们深陷在遥远的思绪中。吃下屁股，吞马术到此就结束了，接下来就是继续麻痹众人直到把马屁股吐出来，最后再把马腿吐出来。

"大家行行好吧。"

与次郎把打赏的托盘传到众人手中。

藁猴内心大笑起来，只有他清醒地看着这一切，看着与次郎弯下腰紧紧抱住马屁股上下扭动腰肢。然而在被催眠的众人眼中，马已被吞进了他嘴里。

托盘转了一圈，里面的铜板堆成了小山，与次郎开始动手解起马绳，藁猴悄悄摸到椿树下，"喂，与次郎！"

"谁？"

俯下身的与次郎抬起头，当他认出藁猴的一瞬间竟松了一口气，然后有些难为情地问：

"你没干忍者了？"

"打算当乞丐了。"

藁猴苦笑起来。

"这里人多眼杂，去我的小屋吧。"

"你也当乞丐啦？"

"看来下忍都免不了同样的结局。"

"好热。"

"是吗，夏天已过去了啊。"

藁猴看向东山的华顶峰，山脚处祇园神社的红色门楼映照在碧空之下，仿佛正在燃烧。

回到小屋，藁猴将事情的来龙去脉告诉了与次郎。说完后，二人不约而同地枕着手肘睡去了。他们既不急着商量善后之策，也没有交换各自的想法。忍者过着夜行动物般的生活，午睡成了他们的习惯。比起闲聊打发时光，白天更为要紧的是为入夜后的行动做准备。

"我知道主上那家子的阴谋。"

与次郎睁开眼起身说道。

"逼死老忍不仅仅是因为他们是经济上的拖累，小左卫门不日就会隐退由小十掌权，而现在的老忍都是小左卫门的下忍，不是小十的下忍，小十想要自己的人，还有，他自己就是个厉害角色。"

"他那么厉害，自己就能胜任忍者。"

"所以才要清算下忍，自己做忍者就能独占赚来的银子。下忍除了马童子，随便再找几个就够了。"

"怪不得，还是你想得周到，不愧是河州长大的，如此精通谋略。"

藁猴顿时心情舒畅，但他再次看向与次郎时，表情又变得严肃起来，"那你今后怎么办？你还年轻，跟我不一样，不会真的就这样一直乞讨为生吧?"

"我想从商,可那要有资本才行。现下,我四处表演吞马术的把戏就是想攒些资本。"

"既是忍者就干回老本行吧。"

"可我没有符节。"

与次郎失望地摸摸下巴。忍者是主上的忍者,没有主上就没有忍者。诸国豪族之所以信任伊贺乡士是因为他们扎根在伊贺,跑不掉也赖不掉。正因为如此,他们才敢雇佣危险的忍者。贸然雇佣没有乡士符节的忍者,万一是个敌国奸细,最后也只能自认倒霉。

"咱俩都没辙。"

藁猴笑起来,突然拍了下大腿,"有法子了,我替金川家办事时,金川家有个叫鹈殿长持的家臣很关照我。你也听说了吧,他是蒲郡城的城主,眼下浜松城的德川家康正要攻打蒲郡城,如此十万火急的情势应该用得上忍者。我修书一封,如果对方信得过说不定会用你,只是你万不能通敌"。

"绝不会。"与次郎说道。

虽然不久前,他还在为家康办事,但此刻却没有任何犹豫。忍者之道就是要忠于当下的金主。与次郎点点头,藁猴两眼放光,"那好,但我为你修书有个条件,若鹈殿的事了了,你要回伊贺杀了小左卫门一家。我的眼里总是浮现出黑伤与妙阿弥被杀时的模样，终是挥之不去。"

"人之常情。"

"也不算人之常情，忍者不能沾染普通人的感情，我也是这把岁数才有这样的心境。如果不能为他们报仇，到了地下我也无颜面对他们。你不为报仇，权当是为我办件事吧。"

"好！就当是为了你。"

与次郎使劲点点头，"那你呢？"

"我？明天的早膳说不定就是我最后一顿饭了，毕竟岁数到了，今日从午后开始就预感心脏不知何时就不再跳了……"

翌日清晨，与次郎先起身收拾去骏河的行装。忽然察觉不对，藁猴从头到脚都捂着被子，没有一点要起身的样子。与次郎生出不好的预感，他掀起被子，藁猴的身体像虾一样蜷缩着一动不动，已经没气了。

"就在昨晚，这个男人终究没能逃过命数。"

与次郎不禁感慨下忍无常的一生。

永禄五年（1562），德川家康开始攻打鹈殿。《三河后风土记》可以说是德川战记的一部分，这部文献与《甲贺古士诉状》都明确记载了这次攻城启用了大量忍者，包含伊贺流甲贺流在内的忍者达到两百余人。

其中就有喰代百地小十及其麾下的马童子等人。

蒲郡城位于地势险峻的岬角之上，登陆后若要攻城，军队只能摆出长蛇阵行进在大约三尺宽的小路上，沿途还设有数个防御壕沟与外城，如果强攻必然损失惨重，因此才启用忍者。

正规军集结在岬角下，三千杆铁枪从日落时分就开始交替持续发射子弹，意在用炮火之声吸引全城注意，实则是佯攻。

此时，城中的与次郎正跪伏在大厅里随时听候差遣。忍者在武士眼里是低贱的存在，除了大将直接下达命令之外是不会有人搭理他们的。

与次郎也习惯了这种歧视，不过这一晚他实在是忍不住了，从大厅的角落爬到武士跟前，"那个……"

与次郎扯了扯一个男子的衣袖，他看起来像是这里的首领。

"这不是伊贺人吗？"

男子俯视着他。

与次郎说出了自己的疑虑与判断，他怀疑敌人深夜发射这么多毫无意义的废弹只是借此吸引城中注意力，然后再遣忍者从后方海岸潜入城中纵火烧城。结果首领却大笑起来，抖得身上的甲胄也跟着晃动。

"伊贺来的家伙少自作聪明了！这城边临海的悬崖除了长了翅膀的鸟，谁都别想爬上来，还没听说过几个忍者就能攻城的。"

说完便与同伴又攀谈起来，丝毫没打算上报与次郎的建议。

而此刻，城池后方的悬崖下，两百余忍者正悄无声息地沿着垂直的海岸岩壁向上攀爬，宛如刚从怒涛中降生的黑色妖怪，那里面有小十，也有马童子。

一个时辰之后，城内的望楼一时间大火四起。与此同时，攻城的正规军也行至正门下，发出助威呐喊之声。

城内阵脚大乱，众人皆认定有奸细而互相猜忌，城中各处内讧不断，那两百忍者趁乱大显身手，轻而易举就取下守将鹈殿长照的首级。砍下守将首级的是伊贺一个叫伴与七郎的人。江户开幕以后，虽然俸禄不高，但他被赐予了御家人的身份。

与次郎想逃，可眼下唯一能逃的去处就是那些忍者爬上来的海岸。他穿行在燃烧的火药库旁，往城池后方奔去，这时一个声音传来："与次郎！"

与次郎回头一看，是马童子，小十也在，与次郎停下脚步，举起了三尺短枪。

"忍者之间不分敌我，我不会杀你，你快走吧。"小十大声说道。

他的整张脸映照在火光之中。这不是出于怜悯，胜局已定，小十为了立功正急着去取敌方大将的首级，没工夫将千载难逢的立功机会耗在与次郎这种人身上。

"那可不行，没想到还能在这种地方为藁猴他们做场法事。"

与次郎露出讽刺的笑容。话音刚落，他将手中的枪掷向马童子，同时一跃而起，出其不意地拔剑刺向小十。

"啊，你……"

大叫出声的不是小十与马童子，这二人负伤倒地后瞬间被火药库烧塌的屋顶砸中，尚未燃尽的火药在尸体上四处飞溅。

与次郎应声回头，不禁脸色大变，眼前站着一排人，都是伊贺各乡相识的下忍，"看到了吧，就是他杀了主君和主君的人，回了伊贺定要处置他。"

"等下，我是有苦衷的。"

"别找借口，你暂且回伊贺喰代百地家等着，敢逃跑就全国缉拿，定要抓到你。"

"何必这么残忍，大家不都一样是下忍吗？"

"现下先办正事吧。"

下忍们散去后，与次郎第一次觉得脊背发凉，一阵恐惧向他袭来。那是他在逃出伊贺时都未曾感受到的恐惧。主君并不可怕，可怕的是这些同为忍者的人。伊贺的下忍有相互监视相互举报的习俗，他们对目标是执着的，手段是残忍的。

反正是逃不掉了，这种恐惧让与次郎又回到了伊贺。只要没死，逃到哪里都摆脱不了追杀，与其过四处流亡的日子，不如索性回伊贺大干一场再死。

"这次要大开杀戒。"

翻过秋意渐浓的御斋关，与次郎时不时掂一下背后的草席包裹，那里面有一张半弓和一把长剑。

虽然没什么可怕的，但与次郎心中的某个角落还是留下了挥之不去的落寞。

"下忍终究难逃下忍的命运。"

与次郎的脸上带着杀气，一旦决意赴死，人就好像丢了魂，下山的腿也变得魂不守舍如同踩在云端上，就连与次郎自己也不知道为什么会这样。

山脚下有个上野在的下忍在砍柴。

"啊，这不是喰代的与次郎吗？"

话音刚落，这人就消失在崖壁的另一头。这下，与次郎回到伊贺的消息很快就会传遍不大的伊贺盆地了。

"一脸杀气,还是不要轻易出手了。"

与次郎耳边回荡着那个下忍的低语声,不要招惹决意赴死之人也是一种忍者之术。

与次郎穿过森林与村庄,他清楚察觉到树荫后,窗户里,伊贺有无数双眼睛正盯着他,但他不为所动,径直一路前行。

穿过最后一个村落就到喰代了,此时,一个男子挡住了他的去路。

"猪与次郎!"

男人放下抱在胸前的两只手慢悠悠地说:

"前面就是喰代百地家的领地了,你卸下肩上的剑和半弓再走进去吧。"

"难道你就是柘植缟平?"

"没错,受百地家主君所托而来。"

"你是想死吗?"

"如果你有本事杀了我的话。"

"愚蠢!"

与次郎烦躁地朝地上啐了一口唾沫,他认识这个男人,之前犯了错被柘植党判了死刑,横竖都是要死的人,所以喰代的小左卫门就从柘植党手中把他弄来对付他,让他们自相残杀。这个男人的脸上也充满了杀气。

"你真是愚蠢!"

与次郎只觉得可悲,伊贺忍者精于谋算,却看不透自己的人生。

"让开!同为忍者没有相互残杀的道理。"

"与次郎!"

那个男人忽然持剑袭来,与次郎跳向草丛,滚落时用右手握住了肩上的剑柄,当男人再次从正上方袭来时,与次郎一剑挥去,男人的身体瞬间从右裂成两段,直直砸向与次郎。

"砰!"

为躲开尸体,与次郎一个鲤鱼打挺跳起来,接着迈开步子继续向南走去。低矮的丘陵蜿蜒起伏,喰代的村庄也越来越近。

翻越一座小山丘时,第二个人已经在等他了。此人右眼看不见,满脸的皱纹多到连眼睛鼻子都分不清,快八十了吧。他好像是名张党的老忍,手上没拿任何武器。

"你应该知道我,我是名张服部孙右卫门大人麾下的喜助,受你主君所托而来。你自河内被收养以来的事……"

老忍用右手比画了一下个头,"我都知道。那个柘植缟平已经被你杀了吗?"

"是。"

"原来如此,死的是你也用不着我了,棘手的是你还活着。"

"你到底想怎样?"

"我想怎样?我想让你放下剑。就算你杀了乡士也改变不了什么,如果你相信我,我可以靠我这张活了八十年的嘴抹去你逃离伊贺之罪,以及在蒲郡城杀了小十和马童子的罪,我还可以用名张党的名义保你性命,如何,相信我吧。"

"是来诈我的吧。"

与次郎丢下这句话飞快越过这个小山丘,当他爬上第二座小山丘时,耳旁竟隐约响起刚才那个老人的话,他说杀了乡士也改变不了什么。这句话从八十老忍的口中说出来似乎蕴含着无可辩驳的哲理。与次郎爬山的腿忽然变得又酸又软。

我又回到了伊贺,好像孙悟空那只中国猴子始终也逃不出佛祖的五指山,或许到最后我也无法摆脱一个伊贺人的宿命。如果是那样,多杀一两个乡士也无法改变什么。

与次郎将剑与半弓丢进草丛,没了防身的武器反而如释重负,仿佛可以就这样轻松踏入死亡的国度了。

爬上山脊,已经有十几个男人站在前面的草地上了。天空散发出深灰色的光芒,站在那里的男人们宛如与死人一起陪葬的土偶群。

"上来吧。"带头的土偶说道。

轿子都准备好了,与次郎老老实实地坐了上去。轿子发出吱吱嘎嘎的声响,窗户紧闭,里面没有帘子一片漆黑,与次郎的未来也会在这片黑暗中永远埋入地下吧。

"下来。"

在野外的一处小屋前落轿后,与次郎换上他们给的衣服,甚至还套上了肩衣①,然后又坐上了轿子。不一会儿,轿子停了。

"下来吧。"

"果然。"

与次郎发现自己此时已身在喰代百地家,难道要让我切腹,这种事很少发生在忍者身上。与次郎精通十八般武艺,唯独不知该如何切腹。

走上玄关,台前站着一个身材肥硕的高个儿男人,原来是名张服部党的乡士服部孙右卫门。那张大脸堆满笑容,"与次郎,从今日起,你就是名张服部家的养子了。"

"你想让我如何?"

"过来。"

孙右卫门走在与次郎的前面,那宽阔的肩膀像一座摇晃

---

① 室町末期至江户时代武士穿的礼服,无袖,只遮盖肩部与背部。

的大山，一丝缝隙都透不进来。与次郎自知不是这个人的对手。

孙右卫门在最里面的拉门前停下脚步，示意与次郎进去：

"进去吧。"

他用力从背后一推，"啊！"与次郎立刻又捂住了嘴。床柱旁坐着一个头戴绵帽，体型壮硕的女子，是木津姬，绵帽中传来她的声音"来了吗？与次郎。"

"哈哈哈！"孙右卫门笑起来，"与次郎可是个顽固的家伙，杀了他不如让他跟百地家的小姐结亲，一辈子过这样的生活难道不是对他的另一种惩罚吗？"

小左卫门那张不大的脸从旁边投来怨恨的眼神。这一切都是孙右卫门在木津姬的哭闹中布下的一盘棋。小左卫门不满这样的结局，而与次郎终究也无法逃脱别人的摆布。

忍者四贯目之死

京城的大街小巷流传着一个小道消息。——甲斐那个男人要来京城了。

那个男人说的是武田信玄门下的忍者,唤作"知道轩道人"。他不是个普通的忍者,而是在伊贺甲贺忍者中如神话般鼎鼎有名的人物。元龟三年(1572)夏,干旱与战乱频发,就在这个夏天快要结束的时候,禁宫内院的公家贵族们也开始议论起那个奇特的名字。——公家亦非善类,对京城新主织田信长自然不会有好感,他们猜测那个知道轩就是来杀信长的,"可不是吗,"众人纷纷附和,"那个信长不得好死。"

这个消息还是有可信度的。首先,刺客的主人信玄本人就是个出名的"忍者主君"。诸国武将除他之外,没人能如此高明地操控大量伊贺甲贺忍者。

其次,这个消息是叡山僧人传出来的,信长曾残酷镇压叡山延历寺。

去年九月,信长屠杀了叡山一千六百余僧人。

叡山与信长的宿敌越前朝仓氏、近江浅井氏共同密谋扳倒信长。因此,织田军不但侵入寺院屠杀僧侣,还放火烧了堂塔伽蓝,幸存的和尚逃至甲斐向信玄哭诉。

信玄有个奇怪的癖好就是喜欢和尚。不只是喜欢,他自己也去当了和尚，披上袈裟，花钱给自己买了僧阶，法号"法性院大僧正"。这位大僧正或许以为这样就有了打败信长，夺取天下的名分，所以看着那些哭诉的僧人，誓要"为佛祖诛杀仇敌信长"，甚至表示若本山被烧，就要把叡山延历寺搬到甲斐来。可叡山僧人对此"好意"也颇有顾虑，如果信玄在甲斐创立新天台宗，那他不就成了开山祖师了。不管怎样，所有人都对此传闻深信不疑，认为信玄在发兵京都之前必会先遣刺客。

传闻是个玄妙的东西。

过了许久，这消息才传到最重要的当事人耳中，还是因三河守护德川家康恰巧从领国进京，这才悄悄传给了信长。

"不是什么大事，小心为上就是。"

"嗯？"

信长没说话。

"有这回事。"

他脸色一沉，这个消息带给他的冲击似乎不小。

这个冲击似乎成了信长极度厌恶伊贺忍者的根源。据说他在天正九年（1581）大举出兵伊贺时就下令"诛杀一切妖物"，大肆屠杀忍者。

家康告辞后，信长立刻走到里院的檐廊下抬起手连拍三下，唤道：

"草！"

从其父信秀开始，织田家就将豢养的伊贺忍者称为"草"。之所以称为"草"就是因为他不分昼夜潜伏在宅院的隐蔽之处，只等主君召唤。

"人呢？"

"在！"

只见一个男人像蛤蟆一样从茂密的隐蔽之处爬到檐廊下，他身高不足五尺，犹如侏儒。

"蚊罗刹在此。"

信长丝毫不拿正眼看他，就像对待贱民一般，"知道知道轩吗？"

"小的惶恐，知道。"

"杀了他！"

信长丢下这句话沉默了半晌，接着又说道，"若任务失败赐抱石之刑①，若办得好赏武士身份，负责侦察之役，配备骑兵十人。"

几锭银钱从蚊罗刹的头上洒下来，那是他的盘缠。蚊罗刹深深地磕了个头，抬起头时，信长已不见踪影。蚊罗刹唖

---

①古代的一种刑罚，让犯人跪在锯齿状的板子上，然后在腿上加压重石板，使腿嵌入锯齿板中。

咂嘴哼了一声（不懂善用忍者的大将，就算不是知道轩，有朝一日也会有其他人来杀你）。

蚊罗刹离开京城，进入近江，在夕阳的余晖下翻过甲贺群山，终于在第二日的黎明时分踏入伊贺国境。他望着伊势群山上冉冉升起的朝阳，脑中冒过一个念头：

"逃吧。"

蚊罗刹不止一次这么想过，世界那么大，身上还有银子，凭我蚊罗刹的本事不论投奔哪个大将都有出路，给信长那种人卖命不会有好结果，他骨子里就不会善用忍者。

杀了知道轩？什么蠢话。

蚊罗刹又开始在心里鄙视信长。德川家康是仅次于信玄的"忍者主君"，即便是他门下也没人能杀得了武田家的知道轩。——（况且自始祖御色多田也创立伊贺忍术以来，就没听说过有伊贺忍者杀了伊贺忍者的事儿。）即便不是忍术始祖，天下也没有狗咬狗的事儿。

算了，都只是传说。

伊贺忍者与主君除了拿钱办事之外没有其他主从关系，所以蚊罗刹对信长自然也没有武士的忠义之心。伊贺忍者的归宿始终不是雇佣自己的主家，而是大本营伊贺盆地。

伊贺盆地的村子里生活着称为"上忍"的乡士。诸国武将若想雇佣忍者便遣使者去跟这些伊贺上忍做交易。上忍拿到佣金就会派遣豢养的忍者前去执行任务，任务一旦完成，下忍就会回到伊贺，老了就在上忍家等死。有时甚至会出现同一上忍家的忍者一个派往越后上杉家，另一个派去甲斐武田家的情况，他们注定会自相残杀。

哼。

第二日夜里，不知是第几次了，蚊罗刹又咂了咂嘴，这回是在伊贺喰代的乡士祝部源大夫家的仓库里。仓库里一片漆黑，蚊罗刹正趴在稻草上，身下雪白的胴体贴在稻草上扭动着，时不时发出呻吟。这女子是上忍祝部源大夫的养女沙久米，她一边喘着粗气一边问：

"真要去甲斐吗？"

"这种时候问这个，你还真改不了这毛病。"

蚊罗刹咂咂嘴，"别问了，真扫兴。"

每次回到伊贺，蚊罗刹都会与沙久米温存一番。这晚，蚊罗刹一回到喰代就摸进源大夫家的后门，这里是他自小生活的地方，然后又偷偷潜入沙久米的卧室将人带到仓库。沙久米生性放荡，听说跟一众下忍都有关系。——当晚被放倒在仓库的稻草堆时还惊讶地揉着眼睛问：

"怎么是喜平次啊？"

喜平次是蚊罗刹的本名，她原本还以为是村里的哪个男人吧。蚊罗刹在黑暗中盯着这个女人，"沙久米大人，长胖了呢。"

"你倒是瘦了，还是说太久没见看走眼了呢？"

沙久米说着便脱掉了他的衣物。——不知道是不是沙久米将昨晚蚊罗刹在稻草铺上与她温存时说的话透露给养父源大夫了，第二天一早在大厅觐见源大夫时，还没等蚊罗刹开口，源大夫就低声问道：

"你要去杀知道轩？"

"不，我没想去杀他。"

"那你打算如何？"

源大夫没有牙，这话也不是从嘴里问出来的，他那双老狐狸般冷漠的眼睛会说话，让蚊罗刹觉得后背直冒冷汗。——因为二十年来一直为武田家效力的知道轩道人正是源大夫的亲弟弟，也是源大夫的下忍，他的本名叫祝部三左卫门，与蚊罗刹喜平次是同门师兄弟。源大夫接着问：

"织田弹正忠（信长）给了多少？"

"给了……"

蚊罗刹正要开口，源大夫的手已伸到他的下腹上下其手，"这么凉，挺重的吧，还是卸下来吧。"

说完一把扯下蚊罗刹拴在腰间的兜钱带，从里面夹出两粒金豆子，然后砰地扔回蚊罗刹的膝盖上：

"明日就出发去甲斐。"

"啊。"

蚊罗刹不禁怀疑起自己的耳朵。源大夫这是默许自己去杀他亲弟弟吗？——源大夫从怀里摸出假牙装进嘴里：

"我根本不在意你杀不杀三左卫门（知道轩），他现在对那位大僧正言听计从，说不定早就坏了伊贺的规矩变成那个大和尚的人了。我才是他的上忍，可这十年来，他从未对我有过任何表示，这足以说明一切了，即使弹正忠不出手，我也该出手了。"

原来如此。

蚊罗刹忽然忆起这宅子西面有棵老朴树，树旁有5町[①]山田。

这片山田是知道轩三左卫门的父亲留给他的，如果他死了，自然就成了源大夫的囊中之物。——蚊罗刹对此只字未提，他小心翼翼地开口，眼神有些闪躲，"那个……"

源大夫疑惑地盯着蚊罗刹，平日不苟言笑的脸上浮现出一丝冷笑：

"罢了，你是想说你根本就不是知道轩的对手吧，把金子交出来！"

"哈？"

---

① "町段步"是古代日本的丈量单位，1町=10段（反）=360步≈99.174 m²。

"弹正忠给的金子最好再拿点出来,我教你打败那人的忍术。"

蚊罗刹喜平次乔装成田乐法师①上路了,随行的还有源大夫雇的两个下忍。元龟三年(1572)八月中旬,他们抵达甲斐古府。在伊贺雇的那两个下忍,一个叫上野吐根,另一个叫名张四贯目。吐根很年轻,四贯目是个上了年纪的老忍。一问岁数,他说曾于享禄三年(1530)受雇于细川家,并在播磨东条参加过柳本之战,这样算起来应该八十有余了。之所以取名四贯目是因为他有个特殊的技能,一次能吃下四贯目②生米。

"现在还能吃那么多吗?"

"只要把米买来,我就吃给你看。"

四贯目长长的马脸上露出了笑容,没想到是这么个精神矍铄的老人,他在甲州忍者中也很吃得开,可以打探出不少消息。

蚊罗刹对知道轩三左卫门一无所知,得先弄清此人的长相与身手。然而对这位在甲斐待了二十年的名义上的师兄,

---

①田乐,日本平安中期开始流行的一种艺能,起源于伴随农耕仪式的歌舞,后来出现专业的田乐法师,并成立了剧团。
②古代重量单位,一贯目≈3.75公斤。

年纪轻轻的蚊罗刹却无从知晓。

"我去打听,这不是难事。"

四贯目找武田家的伊贺人一打听,他们说此人就在信玄的府邸蹴鞠崎馆中。

蚊罗刹冷笑一声:

"这不明摆着吗,信玄的忍者当然在信玄府里,你没问具体在哪儿?"

"茅房。"

"茅房?就是茅厕?"

"好像是,跟信玄屙的屎一起过日子肯定很臭吧。"

四贯目咯咯笑道。

那不是普通的茅厕。武田家灭亡后,他的遗臣大仓藤十郎向家康献上了这个茅厕的图纸,据说看过图纸的人都感叹仅是设计出这个茅厕,信玄就不愧为名将了。武田家称这个茅厕为"山",说是取山中有草木的谐音,因为草木与臭气同音。

一个坚固的房间被一分为二,上面是浴室,下面是茅坑,水从浴室的地板流下去可冲净茅坑的污秽。忍者知道轩这二十年就生活在信玄排放屎尿的茅厕下,一来敌国忍者来犯时可保信玄安全,二来可在茅厕中接受信玄交代的秘密任务。

"原来如此。"

"尽管住了二十年,可就连武田家的忍者都无人见过知道轩的真面目。一旦离开茅厕,他会变幻成不同的样貌出现在人前,让大家不知道谁才是知道轩。如果说如一缕地气神龙见首不见尾的就是良忍,那知道轩定是个厉害人物。"

"长相大致可以参照源大夫大人。"

"不,虽说是亲兄弟,但二十年没见了,更何况还是出了名的易容高手,连府邸中的伊贺忍者都不知道长什么样,要不我们……"

"什么?"

"放弃吧。"

"不能放弃!"

话说得虽有气势,可光是护卫蹴鞠崎馆的甲贺忍者就达百人,更何况还不知道对方的长相,想杀了知道轩,怕是趁信玄熟睡之际取下其首级都比这容易。

"可是那么鼎鼎有名的一个人物……"

"不是我说,弹正忠大人的这个差事本来就干不成。我还是别惦记那个管十个骑兵的侦察队长了,干脆逃离织田家算了。"

"十个骑兵啥的都不是事儿,但如果你敢逃跑,在伊贺也混不下去了。"

"那你说怎么办?"

老人给他支了一招,在蹴鞠崎馆动手还不如在信长府邸守株待兔,等他们自己找上门来。蚊罗刹顿时觉得在理,结果三人仅用了三个晚上又像一阵风似的赶回了京城。

伊贺的忍术秘笈《忍秘记》中也有关于蚊罗刹喜平次的记载。不知道这回他是如何跟信长复命的,总之回去之后就带着四贯目与吐根两个下忍开始守卫信长宅邸。

信长为室町将军足利义昭建造了官邸,但他自己仍住在寺院里,眼下正住在本能寺。本能寺是座古老的寺院,占地广,堂塔伽蓝也多,一到晚上就会加派四百武士警戒,还要放狗巡逻,燃起的篝火将寺院照得如同白昼一般,就算是大名鼎鼎的知道轩也休想混进来。

蚊罗刹整夜都在毗沙门堂附近巡逻,这里相当于鬼门。蚊罗刹很自信,知道轩必定会从鬼门突破。——这可是祝部源大夫传授给他的。

三左卫门有个怪癖,潜入城馆时必从鬼门进。

忍者法则是逆风而入,绝不顺风而行。如果顺风而动,那自己的气息或声音亦会乘风而入。鬼门位于东北角,所以知道轩只会趁夜在西南风吹起时攻入。真是万幸,源大夫传授了知道轩的进攻时机与地点。

知道轩长着圆脸和两颗龅牙，没有眉毛，不过已过去二十年了，人苍老了许多，况且还易了容。

四贯目看见蚊罗刹紧贴在鬼门的墙上，有些不满和惊讶，"忍者也得讲究言行举止吧。况且就算源大夫大人说了知道轩的进攻时机与地点，那也不是他亲眼所见，我还是去其他地方转转。"

蚊罗刹觉得四贯目说得有理，将忍者手牌交给他让他四处转转。他突然想起了吐根，这个年轻人从伊贺到甲斐，再从甲斐回京城，一路上几乎就没开口说过话。他经常耷拉着下唇，眼睛眯成一条缝像要睡着了似的，看起来甚是鲁钝。吐根总像影子一样跟在二人身后，甚至偶尔会让人忘记他的存在。

"吐根你怎么办？"

"我吗？"

吐根想跟着四贯目，他笑着用下颌指了指老人，于是蚊罗刹也递了忍者手牌给他。

这二人在寺内四处巡视，时而又转回蚊罗刹这里。

过了数日，知道轩仍没现身。明日信长就要启程回尾张清洲城了，所以这一夜，本能寺的戒备稍显放松。

"还不是道听途说。"

有的武士对此一笑置之。一个传闻就将织田军折腾得够呛，说不定这是信玄故意散播的谣言，这位大将向来喜欢虚实难分的战略。

还有人说："这世上或许根本就没有知道轩这号人。"

无知。

蚊罗刹在心中感叹。知道轩明明是真实存在的人，他本名叫祝部三左卫门，是源大夫的亲弟弟。嗛代不是还有他的几亩山田吗？——忽然，一个念头从蚊罗刹的脑海中闪过，连他自己都被这个念头吓了一跳。

祝部三左卫门真的就是知道轩道人吗？

三左卫门离开源大夫去甲斐已有二十年，十年前就跟这边断了往来，甚至连他是否还活着都无从知晓。武田家的知道轩就是伊贺的三左卫门，这是不是源大夫自己的错觉呢？一思及此，蚊罗刹骤然惊慌起来，"四贯目！"

他朝暗处低喊一声，无人回应。蚊罗刹趴在黑暗中张望，他卷起舌头，拢起嘴唇，发出铃虫的声音，那是暗号，然而依旧无人回应。是不是去哪儿转悠了，他一抬脚，不知踢到什么东西。

蚊罗刹看向脚下，草丛中横卧着黑色的物体，是条狗，抱起一闻，传来一股恶臭，已经被毒死了。

有忍者。

一时之间，蚊罗刹手脚冰凉。

"在干吗呢?"

欸!

回头一看正是四贯目,一身兵卒的装扮。

"去哪儿了?"

"四处看看,你看到吐根了吗?我有两个时辰没见到他了。——那个……"

四贯目把脸凑到蚊罗刹跟前,"吐根是武田家的忍者。"

"我可没胡说。"四贯目咽了咽口水。吐根说是伊贺上野人,可已经八十岁的四贯目既没听过这个名字,也没见过这个人,说不定就是武田门下的忍者。

"为啥不早说?"

"上忍源大夫大人是你主子,我总不能对他挑的人有意见吧。不过现下,人没准已经潜进弹正忠的房里了。"

"快去通报。"

蚊罗刹正急着去通报,四贯目却在此时拉住了他的袖子:

"慢着,不管怎么说你的主子是伊贺上忍,一旦报上去把事儿闹大,就算吐根伏法,你主子也会被视作同党受到牵连,就咱俩自己去找找算了。"

"说的也是。"

二人脱下兵卒的行头,换上忍者的装束消失在茫茫夜色中。寺院内再也听不到狗叫声,所有的狗都被毒死了,下手的人就是吐根吧。不过狗没了，反倒方便二人行事。信长在书房下榻，沿途有大批武士戒备，他们没有一个人发现这两个伊贺忍者。

半个时辰后，武田忍者"知道轩道人"手握长剑出现在本能寺的鬼门下，瞬间就像一阵风似的趁着夜色逃出墙外。

前面就是护城河。

织田家真是不堪一击，身边都是些愚钝的武士，比平庸的蚊罗刹还愚钝。

时光倒回至那片漆黑的夜里，在书院中庭的角落，蚊罗刹被突如其来的一击刺中了心脏。

知道轩贴在石壁上，慢慢沉入护城河，当头完全没入河水之下后，就拿出竹筒含在嘴里偷偷换气。在逃离这里之前，他要先观察一下周遭的情况。

这正是那位法性院大僧正想要的结果吧。即使没有杀掉信长，也吓破了织田军的胆，任务也算完成了。

待天色一亮，本能寺的那些武士定会吓得惊慌失措。

信长的寝室旁躺着门下忍者的尸体，寺内各处都是死狗，鬼门墙上留下了三片凌乱的瓦砾。

好像没人发现，这下可以回甲斐了。

知道轩在水下行走，没多久就走到护城河的另一边，他浮出水面，抓住石壁。

他的两只手握住双刃小刀，用力插进石壁的缝隙中，然后借力向上攀爬，正要回到地面时：

"知道轩！"

一个黑影挥剑一击，只见知道轩的脑门被劈成了两半，身体也跟着摇摇晃晃地跌回河中。

河畔的黑影慢慢揭开面纱，是吐根。他就是自十六岁起效力于三河家康的服部半藏，自小便立下不少汗马功劳，之后还晋升为旗本，享八千石俸禄。

这回也算他的大功一件。家康担心信长安危，通过伊贺的祝部源大夫将半藏送到了信长身边。

当然，知道轩道人就是四贯目。就连源大夫都不知道这个忍者在伊贺以四贯目为名，在武田家以知道轩为名。知道轩自然也不是什么祝部三左卫门，三左卫门早在十年前就已离开人世了。

伊贺忍者

当秀吉还是"羽柴筑前守"时，活跃在各地的伊贺忍者中有一个叫梅源藏的名人。

其实源藏不是他的本名，只是大家都这么叫他。他是精通伊贺忍术的高人。

据说源藏是河内弓削村人（现大阪府八尾市八尾机场以东，从那个村庄的白壁人家望去可以看见美丽的松树）。

很久以前，这里出过一位了不起的人物。

他叫弓削道镜，以出家人的身份侍奉女帝称德天皇，成为侍僧后又与天皇结下男女之缘，在天平时代是可以搅动政界的风云人物。

在那之后又出了一位了不起的人物。

他就是忍者梅源藏，据传这附近的石川村还出现了一位叫石川五右卫门的伊贺忍者。总之，大多有名的伊贺忍者都出自河内。

为什么河内出忍者呢（虽有些突兀，但此处容我稍作解释）？

其实只要看看梅源藏的成长经历就明白了。

伊贺有位上忍叫杉坊，他就是梅源藏的上忍。在伊贺，所谓的上忍就是指乡士（乡村武士）。他们扎根在农村，拥有土地、屋宅和侍从，到了德川时代，就被赐予了乡士、庄屋的身份。

三重县的盆地一带就是曾经的伊贺地区。

伊贺四面环山，少有耕地。

但这个盆地却生活着许多乡村武士，光靠种地根本无法生存。因此早在镰仓时代以前，他们就训练门下的侍从学习忍术，相互搏击，有时还会让他们潜入京城行盗窃之事。一些精妙怪异的传统忍术就这样流传下来。到了战国时代，乡村武士将门下侍从借给诸国大将差遣，并从中抽取佣金。这些侍从在忍者这行被视为下忍，说书人口中的猿飞佐助、新堂鬼小太郎、下柘植木猿、下柘植小猿、上野左、神户小南、音羽城户（因在伊贺敢国明神的林子里袭击信长而成名，之后在桑名藩晋升为上士①官）都是在传说中留下姓名的忍者，他们大多都曾是乡士的侍从。

家康麾下被提拔为石见守，享八千石俸禄的旗本服部半藏（东京麹町的半藏门就是因附近的半藏故居而得名）就是伊贺乡士出身。除此以外，据传石川五右卫门的师父百地三太夫（伊贺名张市龙口现在还保留着他的故居和家谱）也是乡士出身。

那么梅源藏呢？

梅源藏三岁时被伊贺来的人贩子卖到了上忍杉坊家，就在伊贺北部山区的加越垭。

---

① 家格较高的武士。

据说当时就卖了一贯铜钱，确实少得可怜。人贩子每年从伊贺翻越大和的崇山峻岭来到河内境内物色幼童，也许石川五右卫门也是这样被卖到伊贺百地家的吧。

伊贺的人贩子在河内乡村四处转悠，专门在多子的百姓家挑选聪明伶俐，腿脚利索的幼童。

直到近世末期，民间还流传着这样的歌谣，

伊贺人偷娃子
快把娃子藏起来
快把娃子藏起来

杉坊在伊贺也算得上名人，源藏自三岁起就在他身边接受各种严酷的训练。

比如，在盆里注满八成水，再在上面铺一张灯芯草席让孩子走过去，孩子要小心翼翼不让自己掉下去。

当然，席子一开始难免会被压入水中，这时孩子就会遭受生不如死的毒打。忍术是可以让人变成魔鬼的道法，也因此必须从三岁不谙世事时就开始修炼。

孩子很快就学会如何用脚掌巧妙地化解身体的重量，这门技艺叫作"gidann"，也不知当时用文字如何记载。

接下来，是在盆子上叠放三张糊门窗的纸让孩子行走，一旦跌入水中,上忍就会抽打他们的胫骨,当腿被打肿后,竟然就能走过去了。

最后就是在盆子上只放一张纸,让孩子走过去并保证其完好无损。

一旦掌握"gidann"之术就可以通过呼吸控制自己的身体,所以接下来就该修炼闭气之术了。忍者需要长时间潜伏在护城河中时,通常会暂停呼吸,将身体固定在水底的石壁上,也称假死术。然后就是跳跃之术,以及为了挣脱绳索让全身关节脱位的脱身术。

忍者十岁就必须掌握这些技艺,如果十岁还无法达到要求就会被上忍师父抛弃或秘密处死。当然,那些受不了严苛训练的孩子十之八九也只有死路一条。

十岁以后要学的是偷盗术(密潜、隐遁术)、火术(纵火之法)、诸国方言、诸国城防图、易容术、投毒术等等。忍者自幼就开始接受这样的训练,难怪日后会变成怪异的人。

天正九年(1581)春。

时隔五年,梅源藏再次回到伊贺,正是麦子从黑土里冒出二寸新芽的时节。

在杉坊的授意下,梅源藏这几年都在毛利氏身边效力。

毛利氏是中国地区领有十一国的大领主，梅源藏具体听命于毛利家的门客安国寺惠琼僧人，主要在安土、京都、北国等地打探政敌织田信长的动向。

梅源藏总算结束了任务，接下来的两军对垒该轮到武士上场了。信长的部将秀吉已经包围了备中高松城，与毛利军形成对峙。

而此时的源藏正从近江甲贺乡沿着山路走入伊贺群山中。

这里是铃鹿群山的南端。

自北望去，藤原岳、释迦岳、御在所山、镰岳等险峰连绵不绝，越往南去，群山渐次变矮，最后变成从大和室生绵延至伊贺的休眠火山。那里就是忍者的故乡。

无数火山口勾勒出小小的山谷。

那里茂林苔藓丛生，野鸡与栗鼠在林间穿梭。

天色渐晚。

明日拂晓时分就能回家了。

已经好久没回家了。

不过也没那么急。

幸好山间小路旁有座已老朽的药师堂，源藏打算在那里将就一晚。

睡下半个时辰后忽然醒来。

睁眼前耳朵已察觉到外面的动静。

寺外映出一个人的身影,似乎有人在靠近。

然而令人难以置信的是那人一下就跃上了檐廊,但脚下却没发出一点声响。

……?

他正从吊窗处窥探漆黑的内堂。

源藏屏住呼吸,隐藏气息。

闭上眼睛,屏气凝神得益于长年的历练,他甚至已在脑中勾勒出正透过吊窗窥视内堂那人的轮廓。

是忍者。

源藏悄悄握住了剑。

然而令人惊奇的是,那个站在檐廊下的男人好像已经发现了他,嘻着笑招呼他:

"梅源藏!"

"是我,别动刀动枪的。"

"……?"

源藏仍然屏住呼吸,没有放松戒备。

"还没认出来吗?是酒次!"

酒次?

师父杉坊的四弟子(下忍),对于杉坊门下最小的源藏来说算是师兄。只是酒次现在效力于家康,此时该在三河,而不该出现在伊贺。

"梅源藏!"

这回的声音又跟刚才截然不同。

这人在寺院西侧。

"出来打个招呼吧,是叶虫长藏。"

确实是长藏的声音,他是杉坊的二弟子,此刻正在越后上杉家,也不该在伊贺。

很快又从东侧传来另一个声音:

"是我,汤舟胜曼院。"

汤舟胜曼院是大师兄,人也不在伊贺。

最后是三弟子转害门的声音,不过转害门没有说话,只是像鸟儿一样大笑了几声。

这下,杉坊门下的所有下忍都齐了。

可是这一切都像一个人耍的把戏。

谁?

他一脚踹开吊窗冲出去,只有一棵参天大树在没有一点星光的黑暗中移动。那株杉树正缓缓朝东行进,不久就消失在东方。是幻觉,但让人产生幻觉的人到底是谁?

——之后的事源藏全不记得了,他沉沉睡去后,这人与他又开了一个更过分的玩笑。当一缕朝阳透过吊窗照射进来时,梅源藏发现自己的脑袋还好好地长在脖子上。源藏面无表情地拍拍躺下的地方，然后起身慢慢走出檐廊。原来我还活着，不过与死了也没什么两样，在忍者的世界里，谁不是每日在生死之间徘徊呢。

梅源藏继续前行。

他一副修行僧的打扮。

衣长五尺四寸。

这体型在伊贺忍者中算很高壮了。

他眉眼间距很近，鼻子高挺，瓜子脸，长得虽精悍，但给人的感觉却不太一样，因为他的眼睛总是眯成一条缝，像要睡着了。

前面要经过一个山谷。

这里是休眠火山的火山口，火山口下流淌着一条小河。小河笼罩在薄雾中，那薄雾在阳光的照射下宛如弥勒天宫里的紫金摩尼一样美丽。

源藏纵身一跃穿过薄雾落到小河对岸，那里有一株古老的银杏树。

树后有一女子，看打扮像要去西国朝圣。女子的脖子上挂着一枚牌子，上面写着不堪入目的淫秽字眼。

这女子有点眼熟。

她是师父杉坊的养女，源藏离开伊贺时才16岁，算来现在已有二十一了吧。不管是脸蛋还是身姿都已出落得明艳动人，尤其是那张脸。

她面无表情，一动不动地瞪着双眼。还是速速离去吧，这女人说不定已被师父杉坊调教成狐狸精了。

梅源藏径直从女子面前经过，走到尽头，他抓住岩壁前的一根藤蔓。

源藏身姿轻盈，很快就顺势爬上了山顶。

……？

那女子也一声不响地跟了上来。

一路上又穿过数个小丛林。

不一会儿，他们来到一处宅邸的长屋门前，这处宅子四面环山，四方占地均有半町。

梅源藏站在门前，头也不回地问道：

"妙心小姐。宅子里没人，发生什么事了？"

"养父他……"

女子沉默了一会儿：

"他死了。"

老鹰的叫声划过长空。

"死了？"

源藏飞身跃上墙顶跳入院内，接着将女子从偏门迎了进来。

"是生病还是遭人暗算？"

"不清楚。"

女子一如既往地面无表情。

"那是怎么死的?"

"不清楚。"

她的眼睛很美。

这个女子是从大和柳生庄抱来的,长得就像大和地区常见的埴轮①似的,眉眼之间有种恬淡的美。

"这身出远门的行头是要去哪里?"

"回柳生。"

女子正说着,一只赤犬走到脚边,源藏摸着它的头问:

"想回去了吗?"

"嗯。"

源藏走进正堂,在地炉前坐下来,那里还留有残灰。

"为什么要回柳生?"

"这个家就剩我一个人了。"

"大人……"

大人是下忍对上忍的称呼。

"何时死的?"

"昨晚。"

女子答道。

---

① 公元6—7世纪,日本古坟的坟丘顶部或四周排列的土偶殉葬品。

"如何安葬的?"

"在后山挖了一个坑埋了。"

"你一介女子做的?"

"嗯。"

源藏盯着她,面无表情。

"死在这宅子的何处?"

"地炉旁。"

"就是这个地炉旁?"

"嗯。"

"当时是怎么死的?"

源藏问起当时的死状,妙心忽地卧倒在炉灰中伸直双臂,用指甲刨着地板,然后蹬直了双腿,结果下一秒又转过身来,面朝上猛地弯起右膝,或许她是想告诉源藏,杉坊就是这么死的。妙心雪白的腿一直露到大腿根。

"就是那样死的?"

"嗯。"

"当时你一直在旁边?"

她点点头。

杉坊今年六十一。

或许是到天命之年了吧,源藏一边想着一边随手拾起地炉中的火折子,他看着上面的点火口,站起身吩咐妙心:

"先生把火",然后自己下到灶房。

灶房有一面墙吊满了绳索,每根绳上挂着约十块干肉,有鹿肉、猪肉、鸡肉,甚至还有猴肉。

源藏解开一根绳子,从上面取下一块猴肉扔进火堆。

没多久,肉开始翻滚,膨胀,很快就冒出了油烟。

或许是闻到了油烟的味道,刚才长屋门前那只赤犬奔了过来,喉咙里发出咕咕的声音。

源藏捡起火堆里的一块肉,在火折子的口子上小心擦了擦,然后一把丢过去。

赤犬张开红色大口,直接在空中接住了那块肉。

"那……"

源藏继续追问:

"这半年,师父是怎么过的?"

"几乎都在睡觉。"

"有什么人来过?"

"大约十日前,大和郡山筒井顺庆的家臣箸尾缝殿大人来过。"

"何事?"

源藏觉得有些奇怪,杉坊与大和筒井家并无来往。

这时,赤犬突然蹦倒在地不断挣扎,喉咙发出微弱的低吟声,下一刻已一命呜呼。

"死了。这下真相大白,师父是被毒死的。"

夜深了,二人暂且睡下了。

翌日清晨,源藏睁开眼发现自己已中毒而亡。

留下的是源藏的灵魂。

是那女人干的。

昨夜在那之后,二人吃了鹿肉,喝了米酒,回到久违的家乡果然还是大意了。

源藏和女人发生了关系。那女子就像渴望已久,任由源藏爱抚,她的身体很是懂得如何取悦男人,二人的腰身紧贴在一起缠绵律动,源藏时不时发出亢奋的呻吟。他那具躺在地板的遗体上留下了大片欢好时的液渍,这足以说明一切了。

当时女人说想吃肉,火炉上正烤着鹿肉,他们便吃一块做一次。女人不知被谁调教得如此风骚,二人围着地炉相互纠缠了好几圈,直到最后才彻底罢休,紧紧抱在一起离开了那里。即便如此,女人的腰自始至终也没离开过男人。

"源藏……"

女人有好几次微启朱唇:

"我好快乐。"

"是吗?"

源藏已无法思考，天地之间没有比方才这对男女更惊天动地的结合了。

"源藏，去死吧。"

源藏以为是女人的痴语，但又觉背后多了一抹诡异的身影。

谁？

源藏还没来得及多想便一命呜呼了，皮肤布满紫斑，不知是鹿肉还是米酒中下了与杉坊一样的毒。

我已经死了吗？

源藏的灵魂看见自己的遗体趴在地上，只有脸朝西翻着白眼，怎么看都已经断气了。

谁杀的？

源藏的灵魂陷入了沉思。

肯定是抱着妙心时，突然出现在身后的那抹影子往鹿肉里投了毒，说不定与妙心是同谋。定是那晚在药师堂的吊窗边窥视他的那个人，也是杀了杉坊的人。

——源藏猛然睁开眼睛。

原来还活着？

真是可笑的想法。

源藏不禁一时失了神。

刚想站起身，全身痛得有如刀割。仔细一瞧，腹部、手脚布满紫斑,与刚才灵魂出窍时看到的倒在地上的自己一模一样。所谓忍者,原本就游离在生死之间没有定数。

源藏就这样躺了三天三夜,终于在第四日起身了。

地上有张朝圣的祈愿牌,是妙心遗落在此的吧。

天下晴而　封普成泰

汝仁奉礼太相田佐弥陀佐户比立斗御水札

南都奴椎山　是秘仁遍寺

……?

源藏本想丢掉,忽然又想到了什么,仔细将上面的文字誊写下来,即使在诸国的朝圣祈愿牌中也很少能看到这样的内容。

那天一早,源藏走出大山,来到了笠置。

从笠置再翻过一座山就是妙心的老家柳生乡。当他在老家提到妙心,"欸?"妙心的父亲歪着脑袋,甚至都想不起还有一个自幼时抱给伊贺忍者的女儿。

"啊,是末(妙心的乳名)吗?她没回来。"

源藏离开了柳生。

他沿着山中小道一路向西南方向行进,直至大和若草山的背后。

翻过去就是奈良了。

春日明神大社后有一排长屋,源藏叩响了其中一间房门,并压低声音:

"是我,梅。"

天空下起雨来。

那排长屋被称为"神人长屋",住着春日明神大社里那些卖神符的人。春日明神大社供奉的是藤原氏的氏神,他们就是神社里的神人(类似寺院里的僧兵,研习武艺为守护社领而战,他们不是神官,只是俗人)。他们平日里周游诸国售卖神符,一旦奈良发生战事,又与同为藤原氏氏寺的兴福寺僧兵一同变成"兵",联手守卫奈良城。

这里面就有源藏长期花重金埋下的眼线。

这位神人叫智惠与六,已年过六十,因为四处贩售明神神符,所以颇为熟悉诸国的情况。

"东家?"

他身形矮小,身长约四尺,后脑勺长得很奇特,那脑袋就好像是直接架在了背颈上。

"什么事?"

"知道是何意吗?"

源藏掏出誊有祈愿牌文字的那张纸。

"是真言密教的祷告文。"

"这不是一般的祷告文,我从未见过这样的文字。"

"有点意外。"

"为何意外?"

"没什么,只是在伊贺被奉为鬼神的梅源藏大人居然不知道这个,连乡野山村都传遍了。当然,私下秘传的东西自然不会摆上台面。"

"快说来听听。"

"应该这么读。"

天下晴而　封普成泰

汝仁奉礼太　相田佐弥陀佐　户比立斗御水札

南都奴椎山　是秘仁遍寺

"什么意思?"

"真言立川流!"

"啊,阴阳之法……"

"说的就是这男女之乐。"

智惠与六站起身从屋内取出一张劣质彩纸,在源藏面前慢慢展开。

"就是这个。"

源藏瞪大了双眼。

头戴宝冠的一男一女两尊佛正赤身裸体地交缠媾和。头一次见识到这图，源藏也不由得点头感叹，这就是真言立川流的曼陀罗图（地域极乐绘图）吧。

真言立川流沿革已久，其渊源要从现在的天正九年追溯到四百七十年前的鸟羽天皇时期。据说立川流是当时的僧人仁宽被流放至伊豆后所创，他曾是后三条天皇的皇子辅仁亲王的护持僧（虽流传着这样的说法，但创立立川流的实际是仁宽的弟子，一个居住在武藏立川的阴阳师，并且这一派很快在全国发展成一股隐秘的势力）。

立川流信奉的极乐之境就是男女交欢之高潮，并用这一根本教义来诠释诸经典，还教授各种淫巧之技，立川流传诵的经文开篇就是：

——阴阳之法乃真言宗之宗旨，乃立地成佛之根本。

这一派随着时代的发展几经兴衰，南北朝时期因南朝后醍醐天皇笃信立川流而兴盛繁荣，但在那之后又走向了没落。

听说最近诸国因战乱满目疮痍，立川流又趁势再度流行起来。

"大和、山城两国的话……"

与六说道："因诸大寺实力强盛，所以还没发现有此等邪法的苗头，不过据说这一两年在伊贺甚是流行，而且还是由诸国归乡的伊贺忍者传进来的。"

"是吗?"

源藏两眼放光,那一晚妙心在欢好时总是口诵经文,看样子就是立川流真言。

而且,妙心在地炉旁模仿师父临死前的模样时,那奇怪的姿态不就是眼前立川流曼陀罗图中这尊男菩萨的样子吗?

如果是这样的话……

那杉坊也可能是立川流的信徒。如此,杉坊就是与养女妙心在媾和达到高潮时被杀的。

是被谁杀的呢?

源藏暂且不再去想。

这个仇……

梅源藏下定决心要报仇,只是这个仇人究竟是谁呢?

一切不得而知。

源藏淡定自若,他的想法很简单,把四个师兄挨个儿杀掉就行了。那个人定是他们其中之一,按辈分他们是汤舟胜曼院、叶虫长藏、转害门和酒次。

但是,他们在哪儿呢?

"与六!"

源藏交代他:

"你去伊贺找两个人,下柘植次郎左卫门和百地备中守。"

"说什么?"

"只说我要给杉坊报仇。"

这两人在伊贺也是出了名的上忍,一旦他们知晓了,不管是归乡还是离乡的忍者都会收到风声。

不久之后自然也会传到游走在诸国各处的忍者耳中。

这就是源藏的目的。

如此,四个师兄就会来杀他,并不是因为他们自乱阵脚,这与谁是凶手毫无关系,而是按照一直以来的惯例,若源藏报了师父的仇,那他就会成为上忍。

"这段时间您在哪里栖身?"

"栖身?"

"是的。"

"去哪儿呢?"

源藏迷惘地望向窗外,窗外的天空闪着金色的光晕,宛若五重塔的相轮。

"就去那里吧。"

"兴福寺的五重塔?"

与六露出惊讶的表情。

"是的,五重塔。"

"第几层?"

"住得越高越舒服,就最高那层吧。对了,这个事也要帮我在伊贺传扬出去,就说梅源藏在五重塔的最高处。"

"那太危险了。"

与六不得其解,在旁人看来,暴露行踪就相当于把脖子伸给师兄们,好让他们来杀自己。

"就这样吧。"

源藏很平静。

"不以自己做饵,那些怪鸟又如何会轻易上钩呢?"

那晚之后,源藏在与六的屋里一直睡了五个昼夜,终于在第六日下午离开奈良,披着春日的云霞向二里郡山城出发了。

源藏依旧是修行僧的打扮。

途中在尼辻的茶铺歇脚时,常看到诸国朝圣的男男女女往来于街市之上,男女信徒人数相当。让源藏起疑的是,他们无一例外都是真言宗的信徒。

奈良与大和两国虽名寺古刹众多,但能让信徒来此朝圣的真言宗寺院并不多。

"大爷,一直都是这样吗?"

"啥?"

茶铺大爷没听明白。

"我是问,这条街上一直都有这么多朝圣的人吗?"

"这个啊……"

大爷似乎是头一次注意到这个奇特的景象。

"最近才变成这样的呢。"

"从何时开始?"

"这个嘛,好像是从这个冬天开始的,就像从天而降似的,突然就多了好多朝圣的人。不过那些女信徒看起来个个美艳妖娆,不错不错。"

"她们要去哪里?"

"大概是去奈良。"

大爷自己也不是很确定。

"然后就是往笠置去了吧。"

"笠置?那之后呢?"

"不清楚了。"

从笠置沿山路一直走就到伊贺了(可是伊贺也没有可朝圣的寺院)。

源藏来到郡山城下。

郡山城不过是筒井顺庆辖下的一座小城而已,离这儿约五里地远的筒井村才是他的大本营,那里筑有高大的城池,而这个城馆就是在南边垒上几块石墙,然后敷衍地刨出一圈河沟筑成的土堡罢了。但这里面有源藏想找的人,此人就是顺庆的家臣箸尾缝殿。

"这样也容易混进去。"

葛城山上映照出一抹即将落下的夕阳。

源藏静待天黑,为了打发时间,他绕着城馆溜达起来。

他不紧不慢地走着。

眼前就是观天楼了,此时,一个举着火把的人影朝这边走来。仔细一瞧,像是当地的老人。

与老人擦肩而过时,"梅!"他喊出这个名字的暗语。

下一秒源藏已拔剑砍去,只见老人轻轻一跃,已站在松树之上。

"我都知道了,源藏。"

声音从树上飘下:

"你在整个伊贺散布这事不就是故意让我知道的吗?我算到这两天你会来郡山,已在此恭候多时了。"

……?

松枝上燃着的火星在黑暗中吐出一圈白烟,那是老人手中的火把。

源藏不去看那火星,他知道分心看向火星的瞬间就是自己的死期。

声音无情地从树枝上的火星处飘下,有种虚无的感觉:

"源藏!"

老人开始控诉源藏:

"身为辈分最低的弟子竟如此贪婪,难道不觉羞耻吗?想靠为师父报仇爬到上忍的位置,真是后生可畏啊。"

后生可畏?

这男人不像伊贺忍者,言语中莫名像佛门中人,是不是与真言立川流有什么渊源?源藏慢慢蜷起身体缩在地上。

入夜舔地是一种伊贺忍术。

舔地便可看清黑夜。

下一秒,他一跃而起砍向松树根下的草丛。

鲜血顿时从斩断的草丛中喷射而出。

有人,是那个老人。刚才飞身上树的只是从火把上掉落的灰,他本人就像狐狸一样潜伏在草丛中发出虚幻的声音。这是忍术中的火遁。

——哦!

原来是师兄汤舟胜曼院,年过四十却易容成七十老者的模样。

源藏伸手往尸体的怀中一探,摸出一张纸,正是那幅真言立川流的曼陀罗图。

难道他就是凶手?

然而他已无法开口了。

不过可以断定的是,真言立川流已经深深渗透至伊贺忍者的内部了。

虽然看起来是淫祭,但这是他们对来世的祈愿。忍者必须让自己冷酷无情,一旦沾染佛心开始祭神拜佛,那么从伊贺开始,忍者之术终会迎来彻底消亡的一日。

源藏抱着石头潜入护城河,他一边刨开壕沟底部的淤泥一边前行。远处敲响了酉时下刻的钟声,遥遥的声音穿透水面传入耳中。当钟声结束,源藏也摸到了外城的土垒下。

揪着草丛爬上来的源藏跳进城后脱下修行僧的行头,换上忍者的装束。

接下来就是箸尾缝殿的所在了。

夜空中悬挂着点点繁星。

源藏不慌不忙地走在城中,这城虽不大,但第一次进来还摸不着方向。

城边的瞭望台旁立着黑色的栅栏,栅栏尽头有间小屋。

应该是守卫值夜休息的地方。

源藏悄无声息地打开房门走进去。

只见有个人正裹着席子睡觉,源藏坐下来,让那人的头正好夹在他的两腿之间,源藏从怀中摸出靡阳丹用打火石点燃,耐着性子慢慢让他吸入靡阳丹的烟气,并在一旁不停地轻声呼唤:

"徒士[①],徒士。"

[①]徒士是江户幕府及诸藩对下级步兵武士的称呼。

"着火了！"

反复念了好几遍后，源藏忽然大喊：

"箸尾缝殿大人的屋子烧起来了。"

啊，值夜的守卫跳起来，但他的下巴已脱臼，发不出任何声音。

守卫还没恢复神志就冲出小屋，而源藏只需一路跟随。

守卫在箸尾的房檐下停下脚步。

他还没恢复神智。

守卫呆呆站着，没多久不知是哪根神经发了狂，身体变得僵硬，直直就向后倒去，后脑勺顿时砸在石板地上当场就断了气。

源藏翻过土墙走进院子，这里就是主殿吧？

他遁入地下。

没多久他揭开地板潜入殿内，一边小心翼翼地穿过走廊一边查探殿内的情况，很快就摸到了箸尾缝殿的卧房。

屋内没点灯。

人虽躺在榻上，但显然是清醒的。

"深夜到访，恕我无礼了。"

源藏轻声说道："在下梅源藏，乃伊贺杉坊的下忍，绝无意冒犯您。"

"你为何而来？"

对面传来苍老的声音。

"大约十余日前……"

源藏开始绕着床榻安静地爬行,"听说大人拜访了杉坊。"

"好像有这么回事。"

箸尾很平静,像是位有风骨的武士。

"那又如何?"

"大人走后杉坊就死了。"

"什么?"

从意外的口气可以判断出这位大人对杉坊并无恶意。

源藏言简意赅地将经过一五一十地说了一遍。

"这事有蹊跷。"

"哪里有蹊跷。"

箸尾仍然很平静。

"这个……"

源藏说:"这正是在下想知道的,所以还请大人先告知在下您究竟跟杉坊说了什么。"

"说了什么?"

"这就是我来此的目的。"

"如果我说,不能说呢。"

"那您的性命……"

箸尾猛然起身，但源藏已在瞬间制住了他的肩膀，同时他的脖子上多了一把二尺长剑。

"悉听尊便。"

"……"

箸尾好像在黑暗中笑了。外面下起雨来。

翌日清晨，梅源藏回到了奈良。他神不知鬼不觉地混进了兴福寺的五重塔，并在最高的那层歇下了。这里是个二十张榻榻米大小的木板房，没有摆放佛像与佛器，正中间立着一根粗重的柱子，头顶上交错着各种木梁，让人觉得钻进了巨木根下的树洞里。

塔内采光不好，有些昏暗。

接下来该怎么做呢？

此刻的源藏已如夜行兽般酣然睡去，然而本能仍没让他停止思考接下来的事。

虽然在郡山城内见到了箸尾缝殿，但并没有得到心里想要的答案。

当他问箸尾为何去找上忍杉坊时，箸尾只说是让他去负责主君筒井顺庆的夜间警备。

"让杉坊做这个？"

"确实如此。"

箸尾去见死去的杉坊是为了让他贴身护卫大和国主筒井顺庆。

杉坊大人是声名在外的上忍，让他去做个夜间护卫这事一开始着实令人费解，但其实早有先例。

诸国武将会豢养在伊贺甲贺有些名气的老忍，一到晚上就放他们出来，若遇上前来行刺的忍者也方便他们忍者之间的对话。筒井顺庆的家臣箸尾缝殿正是因为清楚伊贺甲贺忍者之间的这种道义，才会特地去拜托杉坊保护主君。

"还有最后一事。"梅源藏问道，"箸尾大人的主君筒井法印（顺庆）国主果真遇到如此大的危机了吗？"

"只是小心为上，并无大事。"

"是吗？"

源藏盯着箸尾的表情，想看透他内心的想法，却始终无法看透。

可恶，就算你们不开口，我自己也会弄清楚这事儿。

源藏就这样离开郡山城回到了奈良。

平静地过去了几日。

这几日，源藏每天只是躺着睡大觉。

春日野飞来的鸟儿时不时落在屋顶上，而屋内的源藏如烂泥瘫在床上。

该干活了。

既然智惠与六在伊贺把这事儿已经传开了,总有人要来杀他了。

说不定他们之中已经有人从伊贺出发了。

那就等着吧。

虽然等待也挺没意思的。

第六天夜里,源藏蓦地起身,他想女人了。

他从塔上向外张望。

兴福寺是大寺,黑暗中方圆一里只看见百余堂塔僧舍林立,茂盛的数千株树木安静地伫立着。

"这里不会没有女人吧。"

源藏眯起眼睛四下张望,竟意外发现从东边的树林中洒落出一点灯火。灯火倒不稀奇,只是点缀在春夜雾霭中的这点灯火弥漫着世俗之气,颇有几分妩媚妖艳之感。

源藏凝视着灯火,他分明嗅到了女人的气息。

"很好……"

下一秒,源藏已站在五重塔之顶。

源藏将绳索套在木橼上,沿着绳索一层层往下降,动作轻盈敏捷,就在他咚的一声跳下地面时,"啊!"源藏瞬间卧倒在草丛中。

他的头顶划过薄薄的剑刃,眼看就要刺中源藏时又呼啸而去，然后再次卷土重来。

这就……来了吗？

是伊贺的人。

说不定就是哪位师兄，不过眼下无暇细想。

长剑卷土重来，这是第三个回合了。源藏瞬间闪到剑气后面，从背后逼近持剑人，而那男子却没有察觉。源藏隐藏气息，既看不见踪影，也听不到脚步声，不愧是名满天下的忍者。源藏的绝技可不止这些。星光下，原地透出一个黑影。

那个黑影——在动。

源藏的真身一步步紧跟在男子身后。

男子的长剑却追逐着移动的黑影。

"哈！"

男子持剑刺向黑影的同时，源藏从身后抱住男子，一手捏碎了他胯间的阳物，另一只手用薄刃从上往下慢慢剖开他的后背。

剑刃上喂了毒。

男子瘫倒在地蜷缩成一团，很快就气绝身亡了。

死了。

源藏的分身不动了。

其他三个鼠辈也落荒而逃了吧。

地上只剩刚才源藏飞身落地时丢出去的黑色上衣,里面还包着怀炉。

这家伙是……?

死者的脸暴露在星光下。

咦?

源藏揪了一下他的鼻子。

那鼻子竟然掉了下来。

源藏将手指探入他的口中拔出他的龅牙,那个龅牙是假的,这个人将上颚的牙齿全拔光了。

源藏接着用布擦了擦死者的脸,结果眉毛和额头发际线的头发跟着全掉了。

一张真实的脸出现在眼前,小小的五官看着就像挤在了一个慈姑上。他分明就是杉坊的四弟子酒次。源藏眯起眼,忆起与这位师兄的往事。

这位师兄与梅源藏的辈分最近。

原来是酒次啊……

源藏还记着许多关于酒次的往事。天正初年,应关东北条家之命,他俩一起离开伊贺赶赴小田原城。那个时候,他们还很年轻,那个年纪也总会因自己有常人没有的本事而兴奋。二人常常互相斗技捉弄对方。他们会互相炫耀谁在城里的女人多,不但如此,看上一个女人还会打赌,完事后拿出那女人的阴毛当证物显摆。

自那以后有七八年没见着酒次了,虽是忍者,但酒次是个生性洒脱之人。

酒次这家伙,看着比从前苍老了。

源藏抚上他的脸颊,不是因为怀念,而是在他脸上擦拭被血迹弄脏的手。

然后,源藏拖着尸体来到澡堂子附近的一口古井旁,将尸体抛下古井。井底没有水,酒次头朝下被扔进去,好像是磕到了丢弃在下面的金属吊桶,发出清脆的声响。

源藏迅速离开了。为了借杉树影子作掩护,他在林中左右来回地跳跃前行,要是被窥见,还以为是什么怪鸟。

前面就是四里长的丛林地带。

月亮出来了。

途中路过"马醉木"的林子,"马醉木"的叶子在郁郁葱葱的林间泛着月光,源藏摘下一片就放进嘴里嚼起来。这种毒叶连马儿吃了也会失去神志,口吐白沫倒地不起,可在这个男人的内脏里反而生出一种痛快的刺激感。

源藏跳跃前行,一步就能行进三五米远。

前面是僧房,仔细一看,又不像是僧房。

是一处修得像僧房的居馆。

是顺庆在兴福寺的居所。

白色的砖墙绵延了数百米。

这里就是筒井顺庆的别院,他贵为大和太守,享俸禄二十四万石,是位奇特的武将。

说他奇特是因为筒井家与其他战国大名的发家史完全不一样。

他是僧兵的统领。

在弁庆的那些传说中也能看到僧兵的故事,他们是活跃在平安时代至源平时代的武装集团,但到了战国时代几乎就销声匿迹了。

其实,他们仍然存在。

筒井家就出自僧兵家族。

筒井一脉的先祖不知何时流落到奈良成了兴福寺的僧兵,并逐渐发展起自己的势力,最后将兴福寺的领地占为己有。筒井家到了顺庆这一代统治了大和全境,可以说是位僧兵大名。

顺庆剃度后自称阳舜房,高居僧位法印大和尚。

他可不是只有光头和僧位的法师,他是名副其实的大名,是在大和国坐拥十余座城池的统治者。当尾张的织田信长控制京师后,顺庆便投入他的麾下,因此他在大和国内的统治权也得到了信长的保证。

顺庆不过三十四五岁的年纪,却有很高的风评,传说他长相英俊且行事独断。

顺庆偶尔会来奈良。

他在奈良的大本营就是兴福寺里的这处居馆。

那抹灯火是从这里透出来的吗?

源藏说着已贴在墙上。

"啪。"他用手掌击向墙壁,在掌中抽出真空,接着又是一掌,"啪"。

真空使手掌紧紧吸在墙面上。

"啪!"

"啪!"

源藏就这样贴着墙壁向上攀爬。

很快他就潜入馆内,首先映入眼帘的是一片林子。

这是顺庆颇为自豪的庭院,据说松永弹正频频入侵大和也是为了得到这方庭院。

源藏悠然地走在居馆内,对一个忍者来说,没有比这更愉悦的事了。

他正在物色女人。

这些思想扭曲之人的乐趣就是女人与盗窃。

江户时代有各种臆想出来的所谓忍者秘传,书中的忍者对淫盗之事极其自律,然而事实上,战国时代的忍者丝毫没有后世的那些儒家教养。

就是那里吧?

林间有处雅致的楼阁,与其他雄壮的建筑相比显得甚是柔媚。

楼阁有一面花头窗。

那窗是在墙上凿出来的。

源藏在五重塔顶望见的,让他萌生出邪念的点点灯火就是从那里透出来的。

源藏跳上了檐廊。

源藏摸进廊下。

就在此时,旁边的茅厕突然走出来一个人,他手持烛台,看样子是个小厮。

源藏就在他面前趁夜色跳上廊顶,或许是烛火没照到,小厮并未察觉。

源藏贴在廊顶。

小厮走在廊下。

源藏在小厮的头顶上窸窸窣窣地跟着他前行。

真是奇妙的景象。

源藏倒挂在廊顶,脸差点触到那小厮的头顶,此人的体型着实令人生疑。

不是小厮。

是女人。

源藏瞬间就明白了，这里虽说是私人居馆，但毕竟还在兴福寺境内，就算是僧兵大名顺庆，也要避讳在此处公然安置女人。

源藏潜进仓库，打开屋顶上的天窗爬到房梁上，并顺着房梁一直朝前爬。

是这里了吧？

花头窗的那个房间。

只是房梁上看不到屋内的情况。这个天窗紧闭着，一丝光亮都透不出来。

只能这样了。

源藏双腿抱梁，身子倒悬在梁上。

他将脸贴在天窗上。

凑近耳朵。

闭上双眼。

轻声呼吸。

这就是天台密教中的"止观"。

甲贺流中无人会"止观"之术，伊贺流中也只有极少数人会这项绝技。这并不是秘传的忍术，想练成这项绝技只能遁入大和大峰山的金峰山寺闭关修行三年。尽管如此，也不是所有人有点天资就能练成，能成的不过万中之一罢了。

比如"止观"中的"水观"。

身处洞窟，一心念"水"，臆想水的各种形态，修行者在凝神静气之间已化身为水，水流在洞窟中卷起层层漩涡，眼看就要淹没众人时，修行者停止臆想，水流瞬间消退。据传这种秘术源自古印度的婆罗门之法。

在伊贺，"止观"被称为"念"。

源藏此时催动"念"之法，不是用眼睛，而是要隔着天窗的木板用意念看清下面屋内之人的模样。

紧闭双眼。

侧耳倾听。

屏住气息。

一时间停止了全身的动作。

当在"念"的过程中达到一个失神的极致状态时，源藏的脑中渐渐浮现出一幅景象。

有一对男女。

女子梳着小厮发髻，男子圆圆的光头，皮肤白皙。这二人都光着身子，不着寸缕。

壁龛上挂着一幅佛画，前面供奉着香案。

佛画就是在与六家看到的那幅真言立川流诡异的曼陀罗图。

男菩萨压在女菩萨身上，挺直背脊，瞪大金色的双眼，怒视着金刚、胎藏两界。

可是——

令源藏惊奇的是,在供奉的香火前,这对凡胎肉体的男女竟与画中菩萨一样在行此"立川之法"。

到底是什么人呢?

源藏想用意念靠近那个男人,但始终无法看清他的脸。

连我也做不到。

脑中的影像开始模糊,眼前渐渐陷入黑暗。

只有等了。

源藏保持原姿势耐心等待着。没多久,丑时的钟声划破了夜空。

……?

男子好像离开了。

源藏沿着阁楼爬回仓库的天窗,又从那里回到了廊下。

源藏继续朝前走去。

黑暗,就是源藏的世界。

不久,他拉开没有落锁的杉木门,闪进一处侧院。

——念彼观音力。

没有半点佛心的伊贺忍者在即将踏入的隔扇门前念起真言经,并用手指比画出九字真言。在伊贺,这个叫"隐形咒"。

这不是忍者独有的咒语。

与伊贺接壤的大和葛城山、吉野山、大峰山中自古就聚居着神变大菩萨①的修行者，隐形咒就是源自于他们。只要是密教修行者，都会在祈求菩萨护佑时念起此咒。就是在二十世纪的今天，京都的醍醐三宝院、圣护院在做法事时也会诵念此咒。

隐形咒的法印包含临、者、裂、兵、皆、在、斗、阵、前九法。梅源藏刚才施展的就是隐形咒中的前印之法。

结出法印后，源藏口中诵念：

恶魔降伏
怨敌退散
七难速灭
七复速生

然后他忽地朝指尖吹出一口气消除了法印，接着竖起中指，又竖起食指，就像要举刀在幻觉中斩杀敌人。这也是源自遥远的古印度婆罗门教。

源藏推门踏入黑暗之中。

女人正睡着。

---

①宽政十一年（1799），朝廷赐修验道的开山祖师役行者"神变大菩萨"的谥号。

"喂!"

他的手伸进了女人的私处。

女人醒来后却没有吱声。

"是我。"

源藏温柔地开口:

"我是为你来的。"

那女子的双眼在黑暗中瞪得大大的,从唇边流出急促的呼吸声。

"别出声,一出声我就不好办了,不过你也一样,你会以通奸之罪处以车裂之刑。所以,忍住,忍住。"

源藏极其狡猾。

听了源藏的低语,女人全身的力气如同被抽空一般瘫软下去。

女人当然不认识这个自称"是我"的男人,可是对于在耳旁说出"是我"的男人,就算再端庄的贞洁烈女也不免会浮现出对他的幻想。所以,那句"是我"不过是为了在女人心中勾出对他的"幻想",源藏向来深谙此道,这种御女之术对他来说简直小菜一碟。

——来了?

女人这话问得真是可笑,还以为是在做梦吧。

女人仿佛变成了被操控的人偶。

源藏侵入了她的身体。

好湿。

是刚才那个男人留下来的吧。

"他到底是谁?"

源藏在女人耳旁轻声问道。

"你都看见了?"

女人还沉浸在梦中。

"看见了。"

"羞死了。"

"那个坏男人是谁?"

"你不知道吗?"

在梦里话都说不利索了。

"那不就是法印大人吗?"

"什么,是他!"

他就是号称大和二十四万石的僧兵大名筒井顺庆?

当时他法力不济,连脸都没看清。

"他一直待在兴福寺吗?"

"不,他难得像今晚这样,明日就会返回筒井城或郡山城了。——所以……"

女人嘴角噙着淡淡的笑容,只有沉浸在幻象中的女人才会露出那样的笑容,那抹笑让深谙此道的源藏都觉得有些可怕。

"所以,明晚也可以。"

"明晚?"

"要来哦。"

"一定。"

"你不说话,我有些害怕。"

"我说……"

源藏低声问道:"顺庆大人他也信奉真言立川流吗?"

"是啊。"

"何时开始的?"

"两个月前。"

"两个月前啊,那在哪位高僧门下修行呢?"

"哪位高僧门下……"

"没有吗?"

女人点点头。

"所以是自己修行?"

"嗯。"

"一时兴起?"

"大概是去年的腊八会(佛陀得道日),那天夜里下着大雪,连屋檐都积满了雪,可法印大人却在那晚来了,他摆好香案,点起香火,在壁龛上挂起立川流的曼陀罗图。"

"嗯？"

"他脱光了我的衣服，亲手在我的身体上涂满香油。"

"涂在身上？"

"——然后就是……"

行男女之事。

"真是怪了。"

怪就怪在这南都兴福寺是奈良六宗之一的法相宗本山。

阳舜房顺庆之所以五岁就能继承家业，并赴京接受朝廷赐予的法印僧官，就是因为他乃兴福寺众徒的领袖，这样的人又怎会去信奉真言宗这个教派，更何况还是真言宗的分支立川流。

且顺庆虽身为武将，但精通法相学、唯识学，拥护奈良传统教派，又怎么可能被立川流这等新兴流派（其渊源其实可以追溯到数百年前，只是在奈良六宗看来就是新兴教派）所蛊惑。

着实让人摸不着头绪。

"那……"源藏又问道，"腊八会那天夜里，法印大人还有什么不寻常之处吗？"

"不寻常之处？"

女人想了会，说道："说起来，大人因感染风寒嗓子积痰，直到头天晚上呼吸还很辛苦。可那天夜里就完全……"

"好了?"

"是的。"

有这种事?那天夜里下着大雪,寒冷刺骨,出席了腊八法会的顺庆要说他病情加重就罢了,但要说他痊愈真是太奇怪了。

"——先走了。"

"明晚一定要来。"

"嗯,一定。"

源藏消失在茫茫黑夜中。

源藏又去了春日明神社的神人长屋,他找到与六,"与六,我有事问你。"

"您说。"

"是法印的事。"

"法印大人的什么事?"

"说吧,你知道的所有事。"

源藏躺了下来。

于是,与六将阳舜房顺庆的事、筒井家的事一股脑儿全倒出来了。

起初说的都是无聊的家族史。

据说这个家族在镰仓时代以前是河内枚冈明神大社的神

官，之后带着随从辗转来到奈良，然后就在兴福寺当了僧兵。

兴福寺那时有数位僧兵大将，包括岛氏、越智氏、箸尾氏、布施氏、吐田氏、万财氏、楢原氏、十市氏、片冈氏、俱尸罗氏、高田氏等。筒井家的历代先人逐渐收服他们并纳入麾下。

在筒井家族中，与顺庆同样德才兼备的是他的亡父顺昭。

这个人的一生都是在战乱中度过的，天文二十年（1551）春患病后，于六月二十日卒于筒井城。

"临死前的遗言很有意思。"与六说道。

"什么遗言？"

源藏闭上眼睛。

"顺昭大人走之前甚为忧心。"

"因为病情？"

"不，是担忧家族的未来。"

毕竟儿子顺庆年纪太小了。

才三岁。

这样的孩童如何能在强敌环伺之下守住大和国呢？

听与六说，顺昭临终前因此事惶惶不安，终于想出一计。他将三位老臣（岛左近——筒井家灭亡后成为石田三成的重臣，关原之战时期因出色的外交、军事谋略而出名，还有两位是森志摩守与松仓右近）唤至榻前：

——如果我死了，松永（弹正）必会入侵大和取缔筒井家。所以我死后三年秘不发丧，封锁消息。

——奈良有位盲人。

说到这里，以后的事大家都知道了，熟读史书的人想必也很清楚。

——他叫默阿弥。

岛左近几位家臣咽了咽口水，都不知道主君的心思。

——他时常侍奉在我身侧，容貌、音色都酷似于我。……左近！

"是。"岛左近上前听命。

——你是个聪明人，应该明白我的意思了吧。

——定不负使命。

顺昭死后，左近让默阿弥继续代替顺昭在病榻上躺了三年。

虽然顺昭说只需三年，但筒井家竟真把默阿弥奉为了主君，待到顺昭发丧已是第十个年头的永禄三年（1560）。这期间，盲人默阿弥一直长卧病榻。

那之后，筒井家感念默阿弥的功劳，赐予重赏让他回归故里。日本有句老话"变回默阿弥"就是出自这个典故。

"有趣。"源藏闭着眼说道。

不愧是背靠古刹兴福寺的僧兵大名,心思深沉缜密,果真可怕。

——所以?

源藏起身。

难道筒井家……

"怎么了?"

与六一脸惊讶,不知发生了何事。

"明白了,原来早有先例。整整十年,明知不是真正的主君仍尽心辅佐,筒井家的家风本就异于其他大名,若是如此,有第一次就有第二次。"

"什么?"

智惠与六压根儿没明白源藏在说什么。

"到底什么事?"

"罢了。"

源藏点了点头。

那个真言立川流的顺庆说不定就是假的。

翌日,源藏束起头发,一身武家打扮,从奈良出发经由尼辻一路南下赶赴筒井城。途经稗田一带时,道路中间出现了一座古坟,源藏正想绕过去,从古坟后面走出来一位朝圣者。

那人的脸被斗笠挡住了，手上戴着艳红色的护甲，应该是个女人吧。擦身而过的瞬间源藏瞥见了她的嘴角，看样子是个上了年纪的老太婆。

"阿婆。"源藏叫住她。

阿婆压下斗笠，背对着他站住了，"何事？"

一口粗鄙的越前土话。

可令源藏吃惊的不是她不辞万里离开北国四处巡游，而是这个阿婆娇滴滴的声音宛若十六七岁的少女。

"阿婆。"

"有事快说，天色已晚，我还要赶路。"

"那——"

居然看走了眼，源藏色心顿起，他掂掂手中的五枚永乐钱，发出清脆的声音。

"请收下这钱，就当是答谢。"

听到钱这个字，那信女立刻态度大变，一下就转过身来，不过仍然看不到被斗笠挡住的脸。

"其实……"源藏说道，"我有个未了的夙愿想祈求佛祖，不知您要去往哪个寺院，能否在上香时帮在下也祈个愿。"

"手櫂寺。"

"……"

没听说过。

"在哪里呢?"

"伊贺北山。"

"哦。"

奇怪,伊贺北部的群山中从没听过有什么朝圣的寺院。

"你这是要继续赶路了吗?"

"既然收了您的谢礼,当然要满足您的吩咐了。"

果然话中有话,不就是男女之事吗,看来她做这事不止一两回了。听她说话的声音,怎么可能是个老太婆,想必姿色也不错。

他们从古坟来到林子里。

源藏带她来林子里"朝圣",将她放倒在楝树下的杂草上,接着开始解她的衣带。

"哎呀。"

好冷。

老太婆?就是个十六七岁的少女吧。这个信女乖巧地照源藏的吩咐仰面躺在杂草上,她望着天空笑起来,那张脸分明就是杉坊的二弟子叶虫长藏。

源藏慌忙弹开,瞬间又恢复成镇定的表情,"你输了,叶虫。"

这时候还不能掉以轻心,眼前这人一身信徒打扮,身上没有任何武器,说不定有后招。

"源藏,你果然色心不改,难道还想冒犯同门?"

"惭愧惭愧。"

"既如此,就把刚才煞费苦心脱下的衣物给我穿上吧。"

叶虫长藏躺在杂草上一动不动。

"过来给我穿上。"

"冒犯了。"

源藏在草地上坐下来。

"如此就不与你计较了,不过要老实回答我一个问题。"

长藏躺着说道:"你说要杀了同门为杉坊大人报仇,你就那么想当上忍?"

"这并非我本意,现在也解释不清了,但我是身不由己。"

"若是这样,我现在就能让你收手。"

"什么意思?"

"我会杀了你。"

"也罢。"

源藏做好了赴死的准备。

"既已死到临头,我有一事想问个明白,你也是真言立川流的人吗?"

"所有人都是。"

"所有人是指?"

"你的同门不管是死了的还是活着的都是立川流的人。"

"是谁先开始的?"

"转害门。"

是三师兄。这个男人尚在襁褓中时,就被杉坊从奈良东大寺的转害门下捡回来,培养成了下忍。

听叶虫长藏说,转害门数年前为了修成"止观"大法上了高野山,落发为僧拜入慈观上人门下。

慈观上人因振兴真言立川流而闻名,因此教授更多的不是"止观"大法,反而是立川流。立川流提倡依靠修行立地成佛,转害门也成了狂热的信徒。

转害门回到伊贺之后就在同门之间传教,很快将一众师兄弟发展成信徒,他们还拥戴转害门为师,妙心就是其中之一。

不久,立川流传播至伊贺全境,而杉坊家俨然成了立川流的修行道场。

"连师父杉坊也……?"

这才是问题的关键。

"是。"

"果真如此?"

"没错,师父杉坊虽师从下忍转害门修行立川流,但他身为上忍,地位仍凌驾于转害门之上,所以迟早有一天会取代转害门爬上大宗师的位置，也因此被转害门所杀。"

"怎么可能？"

源藏很清楚长叶的话虚实参半。不过，转害门将真言立川流传回伊贺，使伊贺忍者沦为其信徒这一点应该不会有假。可就连老忍杉坊也会沦为立川流的信徒吗？

其中定有内情。

源藏突然袭向叶虫长藏，而长藏射出了掌中的飞镖。

源藏挥剑迎向袭来的飞镖，那剑在空中劈飞飞镖后毫不迟疑地将叶虫劈成了两半。

源藏走出林子，他没有去筒井城，而是去郡山城再次拜访了城代箸尾缝殿。

这回，他大大方方走进守卫的小屋。

"我是来求见箸尾缝殿大人的，因有隐情恕我不能报知大名，就请代为通传说杉找他。"

之后，源藏被领到了书院。

"还请屏退左右。"

源藏察觉到隔扇背后的动静，但箸尾缝殿笑笑并未有所动作，看来还是不放心这个可怕的伊贺忍者。

"如此这秘密便无法宣之于口了。"

"你可以写下来。"

源藏无奈接过纸笔，只写下一行意味深长的字。

——筒井法师大人是假的。

箸尾缝殿凑近灯火看清了纸上的字，他面不改色地看完后，将纸片慢慢放到火上燃尽，最后揉碎在手中。

箸尾什么都知道。

源藏凭直觉判断。

"梅源藏，为了上位你当真是不达目的誓不罢休。"

"这——"

并非如此。

他现在唯一的目的只是给师父报仇。

不过，如果筒井家继续招揽他，说不定能捞些赏钱或者封地。

"钱方面不会亏待你。"

"需要我做什么？"

"你什么都不用做，只需在京城置办一处宅子尽情享乐。女人也好，名茶也罢，无论想要什么都会满足你。三年的时间，你什么都不用做，什么都不用想，每日挥霍游乐便是。"

三年……

是巧合吗？与默阿弥故事中的"三年"不谋而合。

"三年以后呢？"

"自有差事让你去做，但与现在无关，那是额外的报酬，到时如果想做官，也可为你举荐。"

源藏点了点头。

筒井家买下了京都小松谷的一处宅子送给源藏。

这处宅子原是三条参议之女修建的宅邸,她曾是侍奉先帝的女官,整间宅子也是投其所好而建,建筑与庭院都是极美的。

接着又买下一个跟随出云阿国①表演诵经舞的标致女人。

这一带聚集了公卿、高僧、富商的别院,因地势较高,入夜还能俯瞰京都的万家灯火,景致甚美。

不管是对周围的邻居还是那个女人,源藏逢人便说自己以前在肥前平户与葡萄牙人做生意,虽然挣下不少钱,但实在厌倦了经商,便来到京都品茶游乐。许是忍者的天性吧,这话说得太多,日子一久连自己都信了。

源藏不但修习茶道出席茶会,招揽贵客进出自家茶室,还向清水寺的高僧请教诗文。出乎意料的是,他竟非常精于此道,还攒下不错的口碑,最后得了个"和兰陀屋和助"的美称。不过人前没人这样叫他,大家都唤他宗心先生。京城里的人向来善于洞察人心,就连他们也没有识破眼前这个精于茶道的风雅之人竟是伊贺忍者。

---

①安土桃山时代至江户时代前期的女性表演家,被认为是歌舞伎的创始者。

这一年的五月末,箸尾缝殿难得从大和进京,他在茶室喝着"宗心"泡制的点茶。

"源藏,"箸尾缝殿暗自笑起来,"这架势还真像,你现在有模有样泡茶的样子连我都不敢相信这还是梅源藏了。"

"请别提那个名字。"

宗心一脸厌恶。他已经慢慢失了忍者之心,只想把这个角色像现在这样永远地演下去。

"放心吧。"

箸尾似乎看透了他的心思,"既是如此,我就告诉你一切前因后果,你会守住这个秘密吧?"

"伊贺忍者也只有这个优点了。"

"其实……"

箸尾缝殿说的几乎与源藏猜测的一样。

筒井阳舜房顺庆在天正八年(1580)末因急病骤然离世。然而他膝下无子,养子定次尚还年幼。箸尾忆起很久以前,曾在奈良油坂偶遇过一个修验道信徒在街头给人针灸治病。因为这人长得酷似顺庆,便将他带回来奉为主君,让其长卧病榻,就像曾经的顺昭与默阿弥一样。

然而,这个人渐渐露出真面目,后来才知道他根本就不是什么修验道的信徒,而是一个在伊贺化名为转害门的忍者。

就算要杀他也不能用平常的手段。

所以，箸尾缝殿与其他三位老臣商议后，决定去找转害门的上忍杉坊，让他去杀了那个化身为顺庆的异类。

可数日后，杉坊就遇害了。

不用说，下手的人就是转害门。那天晚上，他偷偷溜出筒井城，潜进伊贺的山里杀了杉坊。之后在药师堂戏弄了恰巧回伊贺的源藏后，又如一阵风疾驰十余里赶回了筒井城，没有转害门那样的忍术道行是不可能做到的。

源藏大致已猜到了整件事的来龙去脉，正因为箸尾缝殿也看穿了这一点，才会像软禁犯人一样将他困在京都。

"然后呢？"宗心问道。

"明年是与你约定的第三年，转害门会继承上忍，筒井家的少主也长大了，所以明年就是他的死期，届时还需你出手。"

"要杀了他吗？"

"这事不能做得太招摇，最好伪装成病死。若是一般人我们自己下毒即可，不过此人不是那么容易对付的，还需以其人之道还治其人之身。"

"那人化身顺庆之后就从伊贺将那三个对他言听计从的同门招致麾下，我已料想到他们不是你的对手，这次也不会有差池吧。"

"万无一失。"

宗心在炉前恭敬地低下头。

数日后的天正十年（1582）六月二日，驻扎在京都本能寺的织田信长一夜之间被叛臣明智光秀所杀。信长派遣至中国地区的司令官羽柴秀吉在播州姬路听闻此消息后，立刻调兵赶往山城山崎与光秀展开交锋。

此时，大和的筒井顺庆没有立刻表态支持任何一方，而是在洞山口观望双方战况以决定支持有利的一方。这个顺庆就是伊贺传说中的转害门。

幸运的是，"顺庆"在战后仍得到了秀吉的封赏，却在第三年病逝了。

确实是病逝的。

筒井家在接受秀吉的封赏后没几天，顺庆便请来兴福寺的僧人在茶室煮茶叙话，席间他忽然就将炉灰洒向天花板。

就在那一瞬，顺庆拔出短剑纵身一跃刺向天花板，一剑刺穿了藏在阁楼的宗心心脏。源藏还是死在了顺庆之前，终究是他失策了。——或许这个男人早已忘了自己是个忍者，彻头彻尾变成了"宗心"。

顺庆死后，养子定次继承了筒井家，并受秀吉之命从大和移封至伊贺，享俸禄二十万石。庆长十年（1605），秀吉以定次治家不严为由收回封地，将其流放至奥州磐城平。

庆长二十年（元和元年，即1615年）三月，在大阪城陷落的前夕，秀吉又以与西军通敌为由赐死了定次。至此，筒井家灭亡。

伊贺四鬼

据说在战国时代,伊贺甲贺的忍者中有四位被称为"伊贺四鬼"的人。

忍者通常都会隐去本名,只留化名。

他们是:

音羽城户

柘植四贯目

汤舟耳无

岩尾爱染明王

化名均以他们在伊贺的出生地作为姓氏。

这四人并不是同党,他们并不都处于同一年代,也效力于不同的武将。总之,他们四人只是战国时代最赫赫有名的伊贺忍者。

接下来就说说他们的故事吧。音羽城户身长仅四尺。据《伊乱记》记载,天正九年(1581),织田信长收服了伊贺的豪族集团后便开始在伊贺全境内巡视。有一日行至上野敢国神社歇息时,城户不知从何处冒了出来,光天化日下拿起火枪就朝信长的胸口开火。

城户的火枪装有霰弹,一开火许多铅粒喷射而出,信长身边的数位近侍都中弹倒地,所幸的是信长没有中弹。

信长一方顿时陷入混乱之中，随即在附近展开地毯式搜索，但城户仿佛人间蒸发似的早已不见踪影。最后是在筒井顺庆的军营附近发现一棵老松，老松的树干上用钉子钉着一张纸条，上面的字还墨迹未干：

"右府大人，来年夏天必来取你首级。音羽城户。"

城户所说的来年，就是天正十年（1582），恰巧在他预言的这年夏天，信长在本能寺被明智光秀所杀。那么城户是否也参与了这场本能寺夜袭呢？

据说柘植四贯目就是武田信玄的忍者知道轩。信玄攻城时，此人会先潜入城中藏匿在内城的地底下，他可以在地下绝食二十日，等到信玄兵临城下时与他里应外合，纵火烧城，在一天之内迅速攻下城池。

他有一项特殊的技能，一次能吃下四贯目生米，并因而得名，但最后在京都被德川家康的忍者服部半藏所杀。

下面要说的就是"伊贺四鬼"中汤舟耳无与岩尾爱染明王的故事了。

天正十一年（1583）二月，汤舟耳无登上了白雪皑皑的贱岳峰，他是去杀岩尾爱染明王的，而岩尾爱染明王是越前北庄城主柴田胜家的忍者。

气候渐渐变冷，北近江本已连下数日大雪，但在那一日却停了。不过,天空仍然阴沉沉的,偶尔刮起一阵寒风,吹起纷飞的细雪。

那一日,耳无一身忍者装束,将外面的蓑衣换成纯白的纸衣,头戴纯白的纸头巾,脚下套着缠有白布的鞋托,连剑柄与剑鞘都用白布包着,一抹纯白的身影就这样踩着积雪一步步向上爬去。

纸衣为了防水浸了一层桐油,白色在雪中成了最好的保护色。

耳无身边只带了一名随从,叫新堂鹈藏,是个上了年纪的下忍。他与耳无一样,也是一身纯白装束。

"主人,"这个啰嗦的老忍忍不住开口问道,"听说那个叫岩尾爱染的是个比豺狼还可怕的人,您以前见过吗?"

"没有。"

耳无人如其名,右耳几乎没了。

他没有眉毛也没有睫毛,一张光生平整的黄褐色脸上长着一对小眼睛,细得像线一样。

鹈藏从未在这张脸上见过一丝笑容。

"可是曾经的伊贺四鬼中不就只剩主人和爱染了吗?况且主人和爱染以前同为织田家效力,难道互相没见过吗?"

"没有。"

耳无一步一步向前走着。

诚然，如鹈藏所说，他与爱染曾经共同侍奉过织田右大臣。

却没有过任何交集。他们直接听命于信长前往诸国执行任务，从未打过照面。所以，虽同为伊贺忍者，耳无也不知道爱染的本名，或许对方也不知道他的本名。一旦知道本名，就有可能查出对方的出生地与家族，只是现在确实是无从知晓了。

"虽说如此，"鹈藏望着眼前的余吴湖说道，

"这可不是什么好活儿，大家同为伊贺忍者，我们却非得杀了爱染君。"

"杀了他？"

耳无的脸上总算有了表情。

"说不定被杀的是我们。"

之后无论鹈藏说什么，耳无都没再开口了。

爱染与耳无一开始都是信长门下的"轩猿（忍者）"。后来信长令筑前守羽柴秀吉征讨中国地区的毛利氏时，为助其一臂之力将耳无拨给了秀吉差遣。

而此刻，因织田家的宿老柴田胜家正在越前与越后的上杉景胜对峙，于是信长又将一直贴身侍奉的心腹"爱染明王"借给了柴田家。

然而就在耳无与爱染分别前往山阳道与越前没多久，主

君织田信长就在本能寺遇袭身亡。收到急报的秀吉立即带兵折返，在山城山崎的郊外消灭了叛臣明智光秀。

就是在那时，秀吉生出问鼎天下的野心，他想成为信长的继承者，为此他必须先打败越前的柴田胜家。

因为胜家同样有一统天下的野心。

他们各自拥立信长的两个儿子形成对抗之势。不久，冬季来临，胜家因越前积雪不得不暂缓举兵南下，两军只能进入休战状态，等待春天的到来。

秀吉料定开春后，胜家北国的大军必将南下，便将决战的主战场设定在北国沿线的北近江山岳地带。

那里的主峰就是贱岳峰。

秀吉当即挑选了门下二十名伊贺忍者，令其探查战场地形，绘制近江北部一带的作战图。那二十名伊贺忍者在天正十一年的正月出发了。

然而一个月过去了，他们仍未归来，甚至失去了联系。

二月初的一个夜晚，外面正下着蒙蒙细雨，秀吉悄悄将耳无召至自己在山崎宝山寺的居所。

"有件事甚是蹊跷。"

羽柴秀吉将事情的来龙去脉说了一遍，然后问他：

"你怎么看？"

耳无依旧面无表情，闭口不答。秀吉只得自己啰嗦起来,"你倒是说两句啊,若是开春倒也罢了,眼下贱岳峰一带没有柴田的一兵一卒,总不至于让熊、野猪吃了吧。二十名伊贺忍者就这样一起消失了,依我看是不是被北国修理亮(柴田胜家)派出的忍者一网打尽了。——耳无,修理亮门下有没有什么厉害的忍者。"

"听说有个叫爱染明王的伊贺忍者,曾经在已故右府大人麾下效力。"

"是个怎样的人?"

"是个……"

耳无稍作沉默,咽了咽口水:

"他可日行四十里,可屏气潜水半个时辰,会说四十余国的方言且精于幻术。他剑术高超,一般人不是他的对手。不过,此人残酷无情。"

"难道是他做的?"

"不。"

耳无又是一阵沉默,"伊贺有句老话叫狗不咬狗,不论爱染多么残忍可怕,都不会杀同为伊贺忍者的人。"

"我知道了。"

秀吉站起身,"你即刻出发去北国山城打听他的下落,一旦确定是爱染做的就杀了他。贱岳峰上有间猎人小屋,是那些忍者的据点,他们应该就在附近的山谷里活动,你需要多少人?"

"一个下忍即可。"

"只带一人没问题吗?"

"人越少越好,如果十日后我们还没回来,就当我们死了。"

天还没亮,汤舟耳无就离开了山崎的营地。他穿过京都的街市,伴着夕阳疾驰在琵琶湖东岸的街道,终于在翌日的拂晓时分赶到了琵琶湖北的贱岳山麓。山脚下有个大音村,村子的尽头就是进山的路。

爬到山腰,耳无拾起掉落在雪地里的一根头发仔细打量,然后放进嘴里仔细地舔了舔。

"怎么了?"

"是血的味道。鹈藏,挖开那处变色的雪地。"

雪地下赫然出现一具染血的冰冻尸体,虽面部被打得面目全非如同岩石,但从毛发、发际等特征来看,此人无疑是执行此次任务的伊贺忍者之一,佐熊源藏。

"太残忍了,照此情形,其他人怕是无一幸存。"

"鹈藏,切下他的手指给我。"

耳无这是要煮指取骨,给他故乡的亲人送去。

二人继续在山中前行,没多久头顶上出现一处绝壁,从绝壁上涌出一股山泉水。

"啊!"

鹈藏跑过去,只见一个人头淹没在地下的水坑里,那张脸也似曾相识。

尸首则被高挂在岩壁上,脚掌被刻上了十字,这是伊贺特有的迷信,是为了摆脱冤魂的纠缠。

"这下可以断定下手的人是伊贺忍者了。"

"嗯。"

耳无一言不发地走过那具尸首,忽然又停下脚步。

眼前伫立着一棵樫树,虽是一棵枯树,但枝干朝上伸展着。

那发白的枝干伸向天际的样子颇像一具巨大的动物白骨,令耳无吃惊的是树枝上挂着一具尸体,尖锐的枯枝刺穿了他的背部,一眼望去,就像飘浮在雪蒙蒙的半空中。

"是猿野长次,下手的人为何要这么做?"

"我怎么知道。"

耳无想,也许这就是百舌鸟的献祭吧。

——这种鸟不知为何总要把捕来的青蛙弄死后,再将尸体挂到尖锐的树枝上。

青蛙在阳光下被晒成肉干,然而百舌鸟不是为了吃它,而只是要享受这种乐趣。这样的小型猛禽竟有如此不可思议的习性,连猎户都觉得神秘,称之为百舌鸟的祭祀,认为这是它们对上苍的献祭。

"或许百舌鸟自己也不知道为何要这么做。"

"百舌鸟是谁?"

"爱染,也许他只是想这么做罢了。"

二人很快来到山顶。

山顶东侧发现一间猎人小屋,已经被烧塌了,一半都埋在积雪中。走进去一看,全是人。

只不过都是死人。十五具浑身烧焦的尸体七零八落地倒在地上,致命伤各不相同,有的是中了火枪或弓弩而死,有的是被剑、枪一击毙命。

"应该是被多人围攻而死。"

"鹈藏。"

耳无面无表情地吩咐:"找到甚左的尸体。"

甚左是这群忍者的首领。

他的尸体很快就找到了,身旁倒着金属砚台盒还有笔。

"看来是在召集属下绘制图纸时遇袭的,尸体周围有图纸吗?"

"会不会被烧掉了。"

"找!即便是纸,烧掉了也会留下痕迹。"

然而怎么找也找不到。

"爱染拿走了。"

这下，爱染的目的很明确了。

爱染受柴田胜家之命率人在这一带的山谷里活动，就是为了绘制这一带的地形图。

然而就在山中，他遭遇了羽柴秀吉派出的伊贺忍者，于是全歼了敌人，不但破坏了对方的行动，还拿到了已经绘好的地形图。

"鹈藏。"

耳无在一一确认死者的脚掌后叫住了鹈藏。

所有死者的脚掌上都刻有十字，尤其是甚左的脚掌刻得最深，甚至能看到白骨。

"如此看来，爱染明王是个上了年纪的老人，你觉得呢？"

"这……何出此言？"

"只是我的推测。"

割开死者的脚掌是伊贺乡间很久以前的迷信，现在已没人这么做了。耳无也只是在幼时听老人提起过，他自己从未做过，也未曾听说周围有人这么干过。

"鹈藏你见过这个吗？"

"没有，头一次。"

确实，这个陋俗早已消失，如果还有伊贺忍者保留着这个习俗，那么他应该接近百岁高龄了。

"爱染好歹是伊贺四鬼之一，这么厉害的人物会用如此老土的手段吗?"

"……"

耳无陷入沉思,他很快站起身,"总之得先找到爱染的据点,不然一切都毫无头绪。"

自那日起,耳无与鹈藏便开始游走在北近江的群山之中。

耳无一边搜寻爱染,一边代死去的甚左继续完成他的任务。他开始绘制地图,包括群山的地势,山谷的深度,溪流中哪些地方可以徒步行进等等,除此还有那些茂林地区,山间小路,隐秘小道……

北近江群山环绕,并不只有贱岳峰。

北国山城以东有新谷山、左弥山、田上山等,山城以西则屹立着行市山、林谷山、中谷山、别所山、明神山、岩崎山、大岩山、贱岳峰。

一旦开战,这些地方都是两军交锋的主要阵地,谁能完全掌握这里的地形,谁的胜算就最大。

北近江的群山中积着厚厚的雪,就连耳无也寸步难行,他们走了三天还没走完一半行程。

一路上连个人影都没有。

唉。

二人只能无奈地摇摇头。

爱染或许已经返回越前了。

第四日下午,他们终于登上了行市山的最高处,这才渐渐有了人烟。这里日后也成了柴田部将佐久间盛政的营地。

耳无忽然快速向岩壁方向跑去。

"鹈藏,趴下。"

原来是有两个男人从山顶下来了。

那二人均是猎人装扮,但耳无一眼便看出其中一人必是伊贺忍者。

"鹈藏,你见过那个忍者吗?"

"好像是柘植人。"

"柘植是伊贺盆地里的一个大部落,出了很多忍者。"

"另一个呢?"

"没见过,不过不像忍者。从他的步子以及走路姿态来看,倒像是山里人。"

"猎户?"

"也不像……"

鹈藏忽然噤声,那二人往这边来了。

"鹈藏,你解决右边那人,我解决那个忍者,留下活口。"

鹈藏麻溜地从斜坡上跳下来,绕到二人身后。

距那二人还有三四米远时,耳无忽地从岩壁上站起身,"柘植来的二位,要去何处啊?"

那忍者停下脚步,一道烧伤的疤痕从他的右眼一直延伸至脸颊处，虽然无法判断年龄，但可以看出是个十分老练的男子。他停下脚步，一动不动地站着。

"知道我是谁吗？"

"不知。"

耳无默默摘掉头巾，露出被削掉的耳垂。那男子果然脸色大变，他做梦也没想到会在这种地方碰上伊贺四鬼之一的汤舟耳无。

"你是爱染的人？"

"……"

"爱染在何处？"

"不知。"

"在已故右府大人麾下时用的是爱染这个名字，不知道转投柴田大人门下叫什么，总之就是你们主君现在最器重的人，他现在在何处？"

"不知。"

"那就没办法了，我可不想让人知道我的行踪，遇到我算你倒霉，别怪我。"

耳无将右手伸进怀中上前一步。

"哈！"

那个忍者腾空而起，落到旁边的松树上。

树上抖落的积雪霎时模糊了耳无的视线，那人趁机向谷底逃去。

不过就在他飞出去的瞬间已变成一具尸体重重地摔了下去，心口处插着从耳无手中飞出去的十字镖。

鹈藏也从雪地里站了起来。此时，另一个男子正像蛇一样挣扎着匍匐前行，他已被剑刃挑断了脚筋，鲜血不断从右脚踝冒出。

鹈藏背着男子来到谷底的小屋，小屋里生着火，鹈藏小心地开始给他疗伤。

"痛吗？"

男子一边点头一边没出息地哭起来。

"别哭了，若你老实回答我的问题便留你一命。"

耳无死死盯住那男子的脸，他头大身短，颧骨像拳头一样向外突出，还有像被压扁的塌鼻梁，这长相也是少见。

"你是木工人吧。"

"……"

那男子生僻的方言几乎听不懂。

所幸鹈藏精通木工人的语言。

耳无命他去问清楚。

木工人是游走在山里的一个族群，也被称为木工门、木工屋。

这个族群原本生活在近江爱知郡小椋村，他们精通原木加工技艺，为了制造茶碗等器皿总是游走在全国的大山里寻找上好的原木。

他们有独特的祖神信仰和风俗习惯，有人说他们是大陆迁徙过来的异族后代，但他们有很强的优越感，声称自己是文德天皇的长子惟乔亲王的子孙。

我知道了，伊贺忍者不善在雪中行动，于是爱染利用木工人给他开路，狙击我方忍者。

耳无让鹈藏去证实自己的猜想。

鹈藏一问那木工人，他倒是爽快地全抖了出来。

照他所说，爱染召集了加贺、越前、若狭等地约五百名木工人，令他们绘制北近江的地图，还屠杀了羽柴家混进来的伊贺甲贺忍者。

"果然是你们在尸体的脚掌刻上了十字纹。"

"嗯。"

那是木工人的习俗。

"雇你们办事的领头人是什么样的人？"

木工人说没见过此人，但听说他在中谷山的山脚下坐镇。

"在山脚下的何处？"

木工人不知道，他一边摇头一边又开始嚷嚷起伤口的痛处了。

木工人口中的中谷山在行市山的东面，两山之间隔着三座山谷。

中谷山东面分布着南北走向的北国街道，南面则是偏僻的小道，沿线有个叫池原的小山村。

难道在山脚下说的就是这个池原村。

耳无立刻遣鹈藏去堺市采购了许多干鱼，然后背着干货扮成行商的模样走进了池原村的神域林。

村社里没有常驻的神官，不大的社殿掩埋在树丛中，已腐朽不堪。

耳无走进社殿后立即命鹈藏去寻一个八岁大小的孩童来，"悄悄弄一个来。"

伊贺忍者每到一处陌生的地方总会偷偷掳走当地的小孩。

"是。"

没多久，鹈藏领来一个约莫八岁的男童，看着很机灵。不知鹈藏对他用了什么手段，总之这孩子不哭也不闹。

耳无想打听村里的情况，忍者只相信孩童眼中的世界。毕竟大人会撒谎，会隐瞒对自己不利的事。

鹈藏问那孩童这几个月有没有陌生人进村。

孩子老实答道："村东的嘉兵卫家住进了一个大和尚。"

那人定是爱染。

孩子的任务算是完成了，但也不能立刻送回家，他们在村社里向孩子打听的事不能让任何人知道。

耳无让鹈藏将孩子与木工人安顿在长滨的一个忍者家里,之前村子里发生的孩童失踪案大多都是他干的。

这个村子只有三十户人家。

耳无自然不会蠢到直接潜进嘉兵卫家,他从村头的第一户人家开始挨家挨户卖起了干鱼。

耳无很小心,一开始并没有露骨地试探,不知道走到第几家时遇到一个虔诚的信徒老妪,他装作不经意地问:

"村里有个云游到此的高僧吧?"

"欸,没有啊。"

老太太默默地摇头。

"不对啊,说是就住在那个叫嘉兵卫的里长大人家。"

"没听说。"

老妇人的样子不像在撒谎。

耳无继续游走在这个山村里。前面有一户窝在山腰里的人家,看着很简陋,耳无上前叩门。

"谁?"

里面传来女子清脆的声音。

听说是泉州堺市来卖干鱼的行商后,她打开一条门缝,睁大眼睛仔细打量起来。

这女子长着一张小巧紧致的圆脸,估摸二十三四岁上下。

耳无礼貌地躬身问道:"你是这家的姑娘?"

"是这家的侄女。"

"那你伯父在吗?"

"他去山里干活了,就我一个小女子在家,所以不方便让你进来。"

耳无一把抓住女子的手,"好姑娘,我也豁出去了,如果能得到你这样的女人真是男人的造化,你就行行好吧。"

"我怕。"

姑娘抽回被握住的手。

"你叫小若吧,这干鱼都归你,今晚就让我陪陪你吧。"

"才不要。"

"瞧,这干鱼味道不错哦。"

耳无提起装干鱼的稻草包,像逗小猫似的在她面前晃来晃去,那女子从门缝里伸出手一把抢了过去,然后关紧大门。

耳无眼角带笑又敲了敲门,"今夜戌时下刻,务必给在下留个门哦。"

之后,耳无又敲开了几户人家的门,在不经意的交谈间大致知道了那女子的底细。

她伯父杉藏是个贪得无厌的人,在村里的风评也不好。杉藏是个樵夫,一直过着独居生活,直到最近才因为膳所

（今滋贺县滋贺郡内）的亲人过世而收养了那女子。

"那姑娘是何时来村里的？"

"三个月前。"

耳无不再纠结那女子的事，他试着打听嘉兵卫家的高僧，结果谁都不知道有高僧这回事。

欸，是那孩子看错了吗？

孩子看错了也不稀奇，或许就是幻觉吧。

耳无沿着村子爬上山，在悬崖边选了一处高地，仔细观察嘉兵卫家的动静。

这户人家有三间屋宅，其中有间瓦房似是主屋。宅子里没什么人进进出出，感觉荒废已久。

大门是开着的，耳无钻进宅中，看见仓库的屋檐下有个老大爷正抱着膝盖在打盹。

老人抬起头，他没有右眼。

"老人家，我是个路过的行商，你家家主或者夫人在吗？"

老人摇摇头。

这家夫人数年前就死了，家主嘉兵卫卧病多年，最近也很少出来走动了。

老人还说宅子里只剩他和一个婢女了。当问起高僧的事儿时，老人的眼里终于闪过一丝神采。

耳无已经察觉到老人的真实身份了，伊贺与伊势人的长相有个特点，他们的下巴中间有条沟。耳无故作不经意地摘掉猿投（爱知县丰田市井上町）的头巾，"你瞧，我没有耳朵，还认识在下吗？"

老人神色自若地抬起左眼，"这不是传说中的汤舟耳无吗？"

"没错。"

耳无的右手不知何时已握紧藏在背后的剑柄，下一秒已出其不意地拔剑挥向老人。

"去死吧！"

老人果然出手了，"死不了。"

耳边响起老人的笑声，可此时人已在十米开外，悠然地落到一旁的松枝上。

"如何，耳无，识相的还是趁早离开吧。"

此时的汤舟耳无仍旧面无表情，他将短剑收入剑鞘后头也不回地朝主屋走去。

松树上的老人扭过头惊诧地望向耳无的背影，脸色愈发苍白，他无力地低下头，然后像块破布似的飘落下来。

鲜血一点点从老人的右手腕滴落在地。耳无在剑上喂了毒。

当夕阳映照在行市山上时，耳无来到村社的神域林与鹈藏碰头。

"怎么样,发生什么事了?"

"是嘉兵卫家,依我看,那户人家在这数月里已神不知鬼不觉变成忍者的老巢了。称病的家主或许早被杀了,听村里人说那户人家的老仆只有一只眼,今日我确实遇到一个独眼男人,不过那是杀了老仆乔装的伊贺忍者。如果是这样,爱染明王定然就在那里,今晚必须要在那里解决他。"

"可今晚如何能擒住他。"

"找女人睡觉。"

"女人?"

"我已经跟那女人约好戌时下刻见面,如果不去,那些人是不会现身的。你代我去吧。"

耳无把白天发生的事大致说了一遍,鹈藏不愧也是经验老到之人,立刻就明白了耳无的意思,脸色也逐渐苍白,"那女人不是一般人吧?"

"也许吧。"

"是忍者吗?"

"说是三个月前来村里的,是樵夫杉藏的亲戚。像杉藏那般贪婪之人,给点钱就能让他在村里打掩护。"

"能让他对那种女人卑躬屈膝,想必背后的人也着实厉害。如果不从怎么办?"

"怎么办?"耳无反问道,"杀了吧。"

耳无丢下这句话,消失在林子里的黑暗之中。

此时在嘉兵卫家,爱染召集了麾下九名忍者,最后关头他仍不放心,"不会有差错吧?"

"羽柴家的忍者汤舟耳无今夜戌时下刻会去杉藏家,到时我们在那里截杀他,绝不会有差池。"

那九人说完就出发了,很快就消失在夜间的乡村小道上。

最后,一个穿着黑色僧衣的光头大汉也走出大门,不紧不慢地跟了上去。

他们前脚一走,汤舟耳无后脚就翻过围墙跳了进去,四下没有发现和尚的踪迹。

他悄悄潜进主屋藏在灶房里,奇怪的是这里似乎没有任何人。

耳无立刻拿出一捆备好的稻草浇上油点燃,以此法引人现身。

"来人啊,着火了。"

耳无大声嚷嚷,然后跃上天花板,贴在梁上静静等待。

火势很快蔓延到拉门,灶房瞬间被火光照亮。

然而一个人也没来,都望风而逃了吗?

耳无敏捷地穿梭在房梁上,查看各个房间的情况。

空无一人。

来到最后一间土屋时，浓烟已充斥整个房间，根本无法看清地面的情况，呼吸也愈加困难。

耳无将细绳系在房梁上，然后如同蜘蛛结网般顺溜地滑到地面。这时，浓烟中传来一个声音"是耳无吗"，把耳无惊得浑身一震。那声音悦耳动听，但不知是否被修饰过，有种重金属摩擦的奇妙感觉。

是爱染吗？

耳无朝声源的方向纵身一跃，然而同样的声音又在身后响起："在这里。"

这次耳无跳上横木，趴在上面朝那个方向匍匐爬去。房间里的浓烟卷着火星，让人觉得难以呼吸。

这时，格窗上映出一个异样的身影。

大火已经烧掉了邻屋的拉门，火势一下蔓延过来，高大的爱染明王就出现在那片火焰之中。

那个身影浑身通红，头戴狮子冠，脸上长着三只眼，透出可怕的怒容。他端坐在红莲之上，六只手分别拿着金铃、金刚弓、人头、五峰杵、金刚剪、莲花。

"来吧，耳无。"

耳无缓缓站起身。

是幻象，定是被迷惑了。

如果贸然进攻，定会卷入大火中烧死。

耳无叉开双腿一动不动地站着，直直盯着红莲上的那个影像。

火势很快蔓延至耳无的脚下，接着头发也烤焦了，身上的袖子开始燃起来。

耳无仍岿然不动，他知道一旦轻举妄动，那影像就会扑过来。

耳无闻到肉被烧焦的味道。

他的身体快被烧化了，仿佛他自己化身成了烈火中的不动明王。

正在这时，眼前的景象渐渐变得模糊，耳无这才转头环伺四周，视线所到之处皆已烧成一片废墟。耳无透过慧眼看见那怪物的黑影正蹲伏在土屋的角落，瞪着可怕的双眼注视着他。

耳无一跃而起，那身影正想遁走就被耳无从身后一剑刺穿了腰部，只听那黑影发出短促的惨叫声，竟是个柔弱的女人。

然而耳无已无暇，也无力再去细想，他拼命逃离了火场，将身体埋入深山的雪地中，一时竟不省人事。

鹈藏也在杉藏家逃过追击回到了山崎宝山寺。那时，耳无也已回到营地，不过因全身灼伤涂着黑色的膏药，看着颇有点吓人。

"哎哟。"

鹈藏瞧见耳无的伤势忍不住惊叫出声，耳无却反过来宽慰鹈藏：

"你活着回来了。"

耳无声音洪亮，只是眼里没了神采，"我把你当诱饵是想把爱染的人引到杉藏家，然后趁爱染人手空虚之际，在嘉兵卫家结果了他，一切都在计划之中。"

"所以那和尚已经解决了？"

"爱染不是和尚，是一个化名小若的女人。"

"怎么可能？"鹈藏笑起来，"那个年轻的姑娘不会就是爱染吧？"

"真像个怪物，我以为那样的高手怎么也得年过六十了，她第一次在杉藏家露面时却幻化成二十二三岁的模样。爱染明王那一手只在传闻中听过的'显灵'绝技，却被我瞧得清清楚楚，真是有趣。"

翌日，"伊贺四鬼"中仅剩的汤舟耳无死了。

天正十一年四月二十一日拂晓，秀吉下达突袭令，拉开了贱岳合战的序幕，又在当天的日落时分以胜家的败北而落下帷幕。然而数月前，双方忍者在这个战场上的较量却只留在了伊贺甲贺的传说之中。

最后的伊贺忍者

好一株山茶花。

服部石见守正就的宅邸就在江户麴町的半藏门前，他家的壁龛里插着一株山茶花，还是当下最受欢迎的品种，叫"侘助"。单朵孤零零的花在昏暗的壁龛里映出粉色的光影，完成这一杰作的就是石见守的夫人。

正就知道是妻子做的，就在刚才临出门前，妻子吉才插好了那株山茶花。春天即将逝去，阳光下的潮热之气已笼罩在院子里茂密的绿叶之间，犹如初夏时分。这一年是庆长八年（1603），距离江户开幕还没过去多久。

石见守正就枕着放倒的垫肘几，张开双腿躺在檐廊下沐浴着阳光，顺着他的小腿再往下是一双枯瘦的脚背。脚边蹲伏着一个小童，石见守偶尔会把这个小童领进自己的寝室玩乐。小童的手边传来微弱的响声，他正在给主人剪脚指甲。

吉插好花走出房间时，他正好剪完右脚。

左脚的四个脚趾已经剪好了，小童正准备剪小脚趾时，拿着指甲刀的手没把握好分寸一下剪深了，小脚趾顿时渗出血来。石见守脸色一沉，"蠢货。"

他对准小童的腹部抬腿就是一脚，小童举着指甲刀四仰八叉地倒在地上，而石见守的脚掌还残留着小童腹部柔软的触感。那柔软的触感让石见守愈发生气，"舔干净。"

小童像狗一样贴上去舔起他的小脚趾。比这更可怕的是最近流传在街头巷尾的传说，也不知真假，说是晚上在四谷附近当街行凶杀人的就是眼前这位大人。事实上，这位大人一失控就变得十分可怕，若是不小心得罪了他，就算是家臣也有可能随时人头不保。

"用牙齿。"

石见守被舔得发痒，嘴角忍不住浮出一抹笑容。

"咬住我的脚趾，敢弄伤主子，这就是你的惩罚。"

小童将小脚趾含在嘴里，每次用犬齿啃咬脚趾时，正就全身就会传过一阵酥麻的快感，他像晒太阳的小动物一样眯起眼悠然地看向庭院。

正就看腻了阳光下绿油油的庭院，将头转向壁龛的方向，然而眼前的景象让他瞬间瞪大了双眼。

啊！

正就惊讶得说不出话来，刚才还好好插着的山茶花已断落在榻榻米上。

小童此时正像啃干墨鱼一样嗫着他的小脚趾，就在脚指甲快被嗫掉的时候，"脚，脚……"

"哦哦，马上就好。"

"蠢货。"

正就抽出脚趾，扭动着腰肢在榻榻米上朝壁龛爬去。

掉落的花朵上还留有一截约莫两寸长的花枝。

正就拾起花凑近一瞧，花枝上有锋利的切口，定是被薄刃削掉的。

"是谁？"

明白了，就是我，五千石旗本服部石见守正就麾下那二百伊贺忍者中人所为。

"何时做的呢？"

吉插好时花明明就在那里，吉出门时花也好好地插着。——而且这个房里只有自己与小童二人，到底是何时神不知鬼不觉进来的？

"是剪脚指甲的时候吗？"

对了，刚才那小童剪伤了自己的脚趾，那人定是趁自己抬腿踢倒惊慌失措的小童之际迅速潜入房中削掉山茶花后又跑了。

这么做显然是故意给他添堵的。亡父半藏正成自元龟元年（1570）姊川合战以来一直使用的那把三尺枪头的长枪，就在十日前被人挂在了横木上，枪头套管处系上了连根拔起的草，这在目睹此事的家臣之间还引起了不小的骚动。

正就威胁他们如果将此事传扬出去就治他们的罪，砍他们的头，让他们统统闭上嘴。

这时的江户还没有完全摆脱战时的习气，旗本家就像武士的城池，即便只是有人潜入，传出去也是不得了的大事。

三天前又发生了一件荒唐事。

妻子吉是从松平定胜家嫁过来的。定胜是家康的弟弟，妻子出身高门也是正就傲慢自大的原因之一。前几日，松平家送来了南洋点心，这种点心叫阿留平糖，是在化掉的冰糖里加入蛋白所制，在当时是非常稀奇的吃食。正就没舍得吃，珍藏在镶着金箔的漆盒里，然后搁置在书斋的架子上。没几天有客到访，正就拿出来想给客人瞧瞧这稀罕玩意，结果一打开盖子，里面的点心竟不翼而飞，取而代之的是一株草。军中都把伊贺甲贺忍者称为"草"，这一切显然是忍者所为。

这些混蛋。

石见守捏碎了手中的山茶花，整个身体都在颤抖。

我到底哪里对不起你们，你们也不想想自己会有什么下场。

石见守正就想起麾下的伊贺忍者，那两百人他并不是都记得，不过他们全都让他心生不快，就像看到污秽之物。他的脑海中浮现出一个人的面容，那张脸不大，枯瘦且黝黑。

"脚，脚……"

正就重新躺回檐廊下，可惜刚才的愉悦就这么被打断了。人往往会因一时突发的念想感受到巨大的愉悦。小童重新嘬起他的小脚趾，正就眯起眼，眼前这厮看起来相当享受舔这位从五位下石见守的脚趾。这位石见守不过是继承了亡父的领地与职位，他一出生就注定是高贵的旗本武士。

他枕在垫肘几上，转向东面的庭院闭上了眼。即使是闭上眼睛还是能感受到强烈的阳光。他睁开眼。——睁眼的瞬间就是这位石见守没落的开端。

眼前的林泉是他父亲半藏正成模仿醍醐三宝院的庭院所建，那里有一个心字池，池子与池岸之间铺着白砂，白砂上处处点缀着长满青苔的石子。

北边出现了一个男子并朝这边走来，身上穿得跟园丁一样粗陋，光着脚丫踩在白砂上。不知为何，他走路的时候没有一点声响。那个男人与躺在檐廊下的正就不过五六米的距离，身型矮小，头上顶着一个枯瘦的小脑袋，他完全无视石见守正就的存在，径直从庭院的北边朝南边横穿而去，那步伐悠哉得令人难以置信。

是左吗？

没错就是他，他曾效力于亡父，是那两百伊贺忍者中的一人。野岛平内，就是化名为左的这个男人正径直从他眼前走过。就在刚才，从两百忍者中忆起的那副面容此刻正真实地走过他面前。此人是出于什么理由竟未经通传就公然出现在上司的宅邸，且对眼前的石见守正就视而不见。——不仅如此，他还故意把短剑挂在腰间，那是他刚才削掉山茶花的证据，然后慢悠悠朝大门口走去。

正就呆呆地看着这一切，就像做梦一样浑身无法动弹。他转向脚边的小童，那厮仍像忠犬一样舔着他的脚趾，眼里完全看不到正从面前经过的左。——正就用尽浑身力气想要站起来，无奈全身关节瘫软，好不容易站了起来，也仅仅是在站住的瞬间又倒向了檐廊，或许是中了伊贺忍者传说中的幻术。

左，也就是野岛平内一踏出服部家的大门，就拔出手中的剑在门柱上刻下一个"丁"字，然后狂笑起来。

"大胆。"

门卫举起手中的棍棒，左只一个回眸，门卫就被那毒蛇般的眼神盯得手脚发软，"职责所在，速速退下。"

门卫很清楚眼前这人的身份。关原之战结束还没多久，从战争中渐渐复苏的江户城依然有许多将军家的武士来来往往，他们向世人夸耀犹如在战场上的豪迈气势。伊贺忍者左虽是他们中的一员，看着却与他们不同。

门卫踮起脚尖看向东边的街市，左正躲着街边的狗从屋檐下轻轻绕过，然后朝着伊贺町走去。

"哼，这些伊贺忍者。"

守卫看着他的背影露出嫌恶的表情。

他们说是武士,其实根本算不上真正的武士。

最可怕的就是住在伊贺町里的那两百伊贺忍者,特别是叫左的那个人,更像只狐狸,走路弓着背,总是张着嘴,就连走路几乎都闭着眼。

若有人得罪了他们,比如同其他武士发生了争执,或许人前会赔笑圆过去,可背地里不知何时就混在人群中挑了别人的脚筋,要不就偷偷把针灌进别人的耳朵里要了他的命。

就连他们的首领也要忌惮三分,如果对那种人心怀不满,不知道会有什么下场。

守卫啐了一口唾沫,懒得再去想那个人。

左回到他在四谷伊贺町的排屋,不过没急着进门,而是先去了这里最年长的和田传藏家。

传藏很大岁数才娶妻。他出身于伊贺柘植乡,在柘植时辗转效力于诸国武将,也没成家。同乡的服部半藏(石见守正就之父)很早就在三河随侍家康左右,他身为服部半藏辖下的村官,自然也成了家康的御家人,后来就与许多伊贺忍者一起成了家。他们与拿钱办事的忍者有所不同,忍者与雇主没有主从关系,而他们有主君,且享有世代相袭的俸禄,传藏这才娶了妻并连生三子。

左轻轻地走进屋内,还没坐下就问:

"孩子呢?"

"回娘家玩几日。"

"那个是给小儿子做的木偶?"

左盯着传藏放在膝上的东西,那木偶的脸在传藏的凿子下逐渐有了轮廓。先雕出木偶的脸,然后在脖颈处穿根竹签,再用碎布包起来,在伊贺柘植,孩子们的玩偶都是父亲亲手做的。

"嗯,给孩子解闷的玩意儿。"

左哼笑一声。

这个男人年过四十仍孑然一身。

"不想找个女人吗?"

每当有人这样问,他总是说:

"有需求的时候花两个钱就是,上忍就罢了,伊贺忍者拖家带口的还能干什么。"

"把凿子放下吧,我有话说。这家里都有苍蝇了吗?"

左用左手弹掉脸上的苍蝇,"看来有了孩子,不止贪恋这奶味容易生蛆,连自己是忍者都忘了呢。"

"左。"

传藏一边灵巧地雕着木偶的下巴一边低语:

"听说你几次三番潜入石州大人(石见守正就)的府邸戏弄他,是不是有什么误会?"

"谁说的?"

"上野的正兵卫，喰代的耳，名张的康藏。"

传藏低声用抑扬顿挫的调子哼唱出来，即便在江户有了安身之地，身份也不同了，但伊贺忍者仍像在家乡那样不用姓氏，而是用出身地互相称呼。

"那些家伙也没说我的不是。"

"所以才难办。"

"传藏，关于这事我有话要说。"

"我不想听。"

传藏削掉了木偶鼻子上多余的部分。

"是你错了，难道你忘了大禅定门大人的大恩了吗？"

传藏口中的"安誉西念大禅定门"就是数年前才过世的服部半藏正成，那年他55岁。之后，半藏正就继承了家督之位，而伊贺町的忍者把葬在西念寺里的半藏称为大半藏，敬若神明。

"传藏，你怎能说出这种话，我就是因为仰慕大半藏大人才会如此痛恨他的儿子。"

前些年才过世的服部半藏正成是位充满传奇色彩的忍者。他出身于伊贺上服部乡，一直效力于家康。弘治三年（1557）攻打三河国西郡宇土城时，他率领家康麾下的七十名伊贺忍者潜入城中纵火，一举攻下城池立下奇功，从此名满天下。元龟元年在姊川合战中，他用一杆家康赐下的七寸八分双棱长枪奋勇杀敌,天正二年(1574)又在与武田胜赖的交战中,指挥一百五十名伊贺忍者立下大功。半藏精通伊贺阴阳二术,曾诛杀闻名甲斐的忍者竹庵。本能寺之变发生后,他立即带领一小队人马从堺市赶赴京城,护卫当时身在都城的家康,沿途又从伊贺招揽两百忍者,最终将家康安全护送至领国三河。半藏凭借此功彻底扭转命运,升任石见守,享八千石俸禄。这对于向来被武家轻贱的忍者来说简直是破天荒之大事,而半藏从家乡招揽的两百忍者也荣升为家康的御家人,称为"伊贺同心",置于半藏的统领之下。

庆长元年(1596)十一月十四日,半藏离开了人世。那天,空中飘着雪花,两百伊贺忍者从宅邸一路护送半藏的棺椁直至服部一族的菩提寺①,即西念寺,长长的队伍中甚至有人放声大哭。

"这话听起来难道不觉得矛盾吗?大半藏大人不在了,小半藏大人继承家督与石见守之职继续统领我们,那不是别人,正是大半藏大人的儿子啊。"

"什么蠢话。"

左撇撇嘴道:"你这道理才说不通,他的恩德与子嗣何干?敬仰大半藏大人并不是因为他上司的身份,他名满天下,如同我们的恩师。"——卖命度日的伊贺忍者原本就没

①菩提寺是指代代皈依该寺并供奉先祖牌位的寺庙,亦称菩提所。

有主君。小半藏算什么，他不过是依靠祖荫当上了石见守统辖伊贺忍者。他算不上忍者，和我们不是一类人。

"但他是大半藏大人的儿子啊。"

"儿子儿子……"

左咬牙切齿地说："说了多少回，你有妻有子，你的道理只能在娶妻生子的人那里才行得通，真正的伊贺忍者是不会听你那一套的。"

"也罢。"

传藏取出碎布，开始雕起人偶的脸颊，本想说些什么，但他明白无论说什么，左都听不进去。

左是伊贺喰代乡士的次子，传藏只是名张山里的樵夫之子。五岁时，他像大多数下忍一样被柘植乡士和田家收养。说是养子，其实就是豢养的忍者罢了。自收养那日起，他就和其他养子一同修习偷盗隐身之术，以及攻城纵火之术。他们自小被灌输的是相互猜忌、谋算人心，长大后听命于养父辗转效力于诸国武将，完成任务后就回来领走自己的那份赏金。养父作为上忍会抽走武将支给他们的一半赏金，一旦老了就生活在上忍的宅子里，有个栖身之所，有口饭吃，就这样慢慢等死。这就是伊贺下忍的一生。他们不能随意去他处谋求别的官职，这是忍者必须遵守的最高教条，若被发现偷偷入仕就会被伊贺人追杀。上忍本就是靠赚取忍者的佣金过活，若下忍在身份上凌驾于他们，这上忍自然就做不成了。

没有上忍会乐意看到下忍娶妻，因为下忍一旦要养家就会影响上忍的收入。若不是服部半藏游说伊贺的上忍们将两百下忍一并纳入家康麾下，传藏他们此刻恐怕还在喰代和田家的小屋里，每天一张破席一个饭碗了此残生。

左跟他们不一样，他原本就生于乡士之家。兄长继承了父亲的上忍之位，弟弟虽说是下忍为家族效力，但毕竟出自村里的地主家族，他们从一出生就是不同的。

跟这样的人说什么都不会明白的。

传藏打心底这么想，他很清楚上忍加诸在他们身上的一切道德束缚都是为了保障自己的利益罢了，然而这在出身上忍一族的左眼里都成了至纯至美的品格。

其实左也就是野岛平内，是个典型的伊贺忍者，长相也是典型的伊贺人。天孙一族入侵大和时，当地的鸭族被驱赶至伊贺地区，成为伊贺人的源流。伊贺人骨相奇异，身型矮小，脑袋像柿核一样扁平，但头顶变尖。他们颧骨突出，单眼皮，吊角眼，塌鼻梁，据说伊贺忍术的始祖曾是天武天皇的暗探，叫御色多由也，出自伊贺鸭族的他就是这般长相。是不是这般长相的人都无法看穿人心的阴暗，传藏看着左，就连同为伊贺忍者的他也无法理解左的想法。

"我要让小半藏好看。"

一问原由,"他不配做伊贺忍者的统领。"左只丢下这一句话,多问他两句,也只说让一个不是忍者的人统领忍者玷污了忍术的神圣。

传藏劝解他:"我们已不是元龟天正年间的忍者了,现在我们侍奉于德川家,即便俸禄不高也是将军的家臣,不管谁做统领,都是身不由己的当差人罢了。即使走了小半藏大人,来的其他人也不会是忍者,你再抵制也是无用。"

"我不这么想。"

"为何?"

"就是不这么想。"

左说不出任何缘由,移居江户城里的"伊贺同心"有好些像他这般激进的人,他们被说成是"伊贺叛骨"。说叛骨算好听的,其实就是人心的扭曲。他们自幼在上忍的灌输下互相猜忌,无妻无子,从没忠于过一个主君,也没有这样的传统。他们的叛骨不是源于有了某个违逆上司的理由,而是他们总是需要一个憎恨的对象,否则就会变得终日压抑烦闷。

"左,你还记得北伊贺町汤舟总兵卫的女儿吗?"

左欲言又止地看着传藏,传藏收起凿子,弹掉膝上的木屑,"就是从过世的夫家山田源造家回来的那个女儿,嫁过去不足一个月所以还算清白,总兵卫曾对我说想把她许配于你，你要不要考虑一下。"

"不要转移话题。"

左翻了个白眼。

"不是转移话题，我再怎么说你也理解不了，不如成个家自然就明白这世间的道理，也就明白我想说的话了。不然你现在这个样子除了回到伊贺老家，已经没办法生活在这世道上了。"

"呵，回去就回去，我在伊贺还有不少同伴，干回老本行安身立命不是难事。"

左咧开嘴笑了。

实在是无话可说。

传藏沉默了。那些自称从战场死里逃生的武士在江户城里横行跋扈，让人头疼。然而已是御家人的伊贺忍者虽同样经历了九死一生，却无法摆脱低贱的出身。人生真是一言难尽。

以前在伊贺喰代，有个人与左效力于同一上忍，叫杣次，左现在常约他出来吃酒，二人没有特定的去处，通常都是去四谷附近那些杂役们常去的小店。

出去吃酒的时候，左不再是左，杣次也不再是杣次，他们都只是普通的町人。左会乔装成商户二掌柜的模样，连面容也会修饰,有时把眉毛画粗,有时在嘴里含上棉花,他还让杣次也乔装成各种模样。

杣次与左同属高姓野岛,叫野岛康左卫门道秀,只是没人这么叫他,杣次是他在喰代乡士家做下忍时的化名。

在喰代野岛家时,左因为年长些,所以时常使唤杣次。即使到了江户,左也不想改变这种相处模式,杣次本来就是个愚钝胆小的人。

伊贺流忍术只是个统称,实则精通所有忍术的人并不多。诸国武将向伊贺上忍要人时,会言明任务与所需人数,上忍再据此派遣合适的人。比如左擅长隐身术与幻术,适合攻城侦察之用,而杣次行动笨拙,大多乔装成街头艺人,混进敌国散播谣言。

左约杣次出来的理由之一是他知道杣次在喰代的时候就开始存钱。杣次在江户成家后,连妻子都不知道他有私房钱。倒不是杣次吝啬,而是忍者做久了成了天性,非得心里藏着秘密才踏实。

杣次的妻子每次看到左来找杣次就会摆出厌恶的表情,但不至于说破。左的眼睛总是发白,俗话说对蛇指指点点手指会烂掉,她也害怕不知何时会被这双眼睛的主人报复。

左十次有八次都是让杣次去结酒钱,杣次也很听话,如果拒绝怕是私房钱的秘密就保不住了。其实还不如干脆跟妻子坦白，但左深知杣次更害怕曾经的秘密不再是秘密。杣次就是杣次，即使娶妻成家也无法抹去伊贺人的劣根性。

"说！"

左风风火火地坐下来就灌了一口酒，然后低声说道，一般这个时辰正是店里开张迎客的时候，来这里的大多都是在附近的旗本家做工的杂役，人越多越有利。

"听说昨夜又有人在鲛桥街头行凶。"

此话倒不假，江户近来频频发生街头行凶事件。所以现在只要太阳一落山，街上就看不到人影了。传说凶手是个有身份的旗本，不过只要有行凶事件发生，这二人准会在第二天相约去酒馆。

"这可不是随便能说的。"

杣次伸长脖子凑到左的耳畔，周围的人见状都竖起耳朵，确定周遭的人都被吸引过来后：

"听说那个凶手在半藏门的宅子前消失了。"

目的达到了。不出两日，这事儿自然会被酒馆里那些杂役、仆役传得沸沸扬扬。

"杣次。"

左从来都是直呼其名，"总让你去结酒钱也过意不去，你有什么想要的吗？"

"想要的？"

"兵器、平日用的物件、吃的喝的,什么都行,但必须是石见守家里有的东西。"

"想要点心。"

就在那个时候,阿留平糖失窃了。左把杣次叫到自己家,然后把糖丢到他的膝上。杣次拿起就吃,活像猴抓食。点心里混着香料的味道,所以不能带回家,如果拿给家人,妻子和孩子不知何时就会泄露出去。但是杣次并没有考虑这些,他只是单纯想吃罢了。

这天,组头难得来传话,要他去石见守府邸出勤,且组头不同行。左笑了,那不就是让我独自前往啰。为了慎重起见,左贴身缠上锁链,腰间偷偷别了两枚十字镖,万一真有什么就逃出江户,所以他还备了一套町人的行头交给杣次保管。

到了石见守府邸,家丁欲领他去客厅,但左不为所动,直言想去庭院。

"这是规矩。"

如左所说,伊贺的乡士是不会让下忍进客厅的,他们只会让下忍跪在院子里的白砂地上,自己则站在檐廊下发号施令。在武士眼里,这样对待下忍是理所当然的,但在心里只有伊贺规矩的左看来,这是伊贺忍者带有宗教感的仪式。当然,这个地方已经完全忘却了这种仪式,左的心里只剩下无尽的鄙视。

家丁一时不知所措，毕竟身份有别，伊贺同心与石见守一样同是将军家臣，即便是在上司的府邸，但跪在白砂地上着实太没道理了。

"这可是伊贺的规矩。"

左又重复了一遍，之后抿起薄唇，"这不是更合这家主人的意吗，平日就视伊贺忍者为敝屣。"

或许宣泄出口的这种快感才是他执意要去白砂地的原因。

石见守正就听说左来了急忙召集人手，他令数位家丁手持短枪与弓矢埋伏在家中各处，一旦有情况便以他敲铃为号，然后众人合力围剿击杀。

当然，他原本并没有除掉左的想法，如果是一般的家丁倒也罢了，但对方是将军的家臣，不管出于什么理由杀了他都逃不过改易的下场。

"因图谋不轨而正法。"

就算如此辩解，可一旦闹到将军那里，那些"伊贺同心"必不会善罢甘休。若左曾数次潜入府中的事情一旦败露，他还得背上失职的重罪。

家中戒备森严不是为了加害左，反倒是怕被左加害，所以丝毫不敢掉以轻心。很难想象那人会干出什么事来，虽然在石见守正就眼里,那两百"伊贺同心"都有几分可怕,但那人感觉已经不是人了,而是一只幻化成人形,时不时光临人间的爬虫。

石见守来到廊下,夕阳日渐西沉,跪在白砂地上的小小人影也昏暗起来。

"来了。"

石见守强忍不快,勉强挤出一抹示好的笑容,可左丝毫不理会,垂着长长的后颈跪趴在白砂地上。

"我略备了薄酒小叙,你那儿到底不是说话的地方,进来可好?"

左仍然沉默不语。如此羞辱把石见守气得发抖,他的额头青筋暴起,双拳紧握,极力压抑着自己,"野岛平内,你到底对我有什么不满?"

四周光线渐暗,石见守颤抖着挤出这句话,"你是来戏耍我的吗?有什么不满就说出来,也让我这个石见守看看你到底是什么意思。"

话末流露出示好的意思,但左只是保持沉默。

左微微抬起头,偷偷看向石见守,脸上闪过不易察觉的微笑。那抹笑容挂在黝黑的脸上像极了一张面具。那张面具一直保持着笑容,石见守也在等待那张面具开口,结果只有沉默。石见守后背发凉,浑身颤抖,为了压抑心中的恐惧,忍不住大吼一声：

"你！"

一只手已握紧腰中的剑柄，他自己也没预料到会变成这样，家丁们蜂拥而出，作势要拔剑。

"慢！"

石见守的性子一旦上了头就无法控制，他的身体微向右倾，左手欲拔出右腰中的剑。

"退下！"

左不知何时恢复了最初的姿态，他垂着长长的后颈跪趴在白砂地上一动不动，就像断了气。石见守的声音因恐惧而微微颤抖。

"喂，跟我一决高下吧。"

"这可不成，会脏了我的剑，毕竟你只是个臭虫般的伊贺忍者。"

声音回荡在白砂地上，左微微抬起头，太阳渐渐西沉，廊下已看不清他的身影。左身后五六米处有一株高大的高野罗汉松，左完全被笼罩在这株松树的阴影之下。或许从一开始，这个位置就在左的算计之中。

"臭虫？"左的话中带着一丝笑意，"您说的臭虫是什么意思呢，哦，那上一代石州大人（石见守）不也是臭虫吗？"

左终于开口了，不过这话像是从牙缝硬生生挤出来的一样。石见守打了个寒战,只觉得脚底开始发凉,最后像是哀求一般叫起来,"说,你到底在不满什么,我都答应你,别再说了。"

高野松旁的黑影又陷入了沉默,仿佛那不是一个人,而是幻化成没有生命的树或者石头,石见守只能等待它的苏醒。太阳落山后寒气袭来,石见守耐心渐失,他终于抬起右脚用尽全身力气踏出一步,"再不开口就别怪我了,还不动手给我杀了他。"

黑影左右都是人,但他们似乎跟他们的主人一样莽撞,只会一个劲儿地放箭,随着此起彼伏的箭弦之音响起,隔扇一下被冲开,里面的人蜂拥而出,跳下檐廊。

"对不住了。"

好歹是主人的家臣,家丁多少有些忌惮,丢下这句话才举枪狠狠刺去,枪尖刺穿黑影撞向白砂地,这才发现触感不对。

"啊!"

众人上前一探究竟,不由惊呼出声。左不知何时早已消失不见,只剩粗陋的纹服高高耸立在白砂地上。

"是吗?"
左听完传藏的话一脸欣喜。

"你说的是真的？"

"明日要共同议事。"

传藏说道："组头应该会提到此事，左，你在高兴什么？"

"这个……"

"看样子米到年末是不够吃了，大家都不知如何是好。"

"是吗？"

左点点头，眉眼之间露出抑制不住的笑容。这个男人一笑，传藏觉得自己身上都变得滑腻腻的，就像摸到了死鱼。

听传藏说，伊贺同心的首领服部石见守偶尔会令他们负责造营修葺之事。

今后德川家的御家人"伊贺众"都会去干杂役了吧，比如厨子、樵夫，要不就去看守主人闲置的宅子。江户刚开幕时，他们几乎都被打发去做劳役，无官无职，靠着两人十五袋大米的微薄俸禄勉强养家。

为完成分配的劳役，他们还得根据任务招募劳工，并承担他们的工钱。当然也不是修建城池之类的大工程，一般就是让他们修葺路桥之类的。比如服部石见守去年秋天就令伊贺同心筑桥。这些劳役加重了生活的负担，可桥建了还没半年，石见守又令他们去修路，听说就是半藏门前的那条路。众人只觉得离谱，一家人的生计因为去年的劳役已入不敷出，无论如何也挤不出这笔费用了。

大家聚在组头家商议此事，传藏和左都在场。

左始终保持沉默，他心里当然明白，这是石见守在报复包括他在内的伊贺忍者。

传藏哭诉着自己的窘境，再负担劳役，他们一家只有饿死了。

大家都没说话，只有传藏一个人唠唠叨叨，似乎在场的人只有他已经失掉忍者的气节，彻底沦为一个贫贱的武士了。

大家几乎都沉默不语，过了一阵，不知是谁低声嘟囔了一句：

"回伊贺吧。"

如果活都活不下去了，做官还有什么意义。

"说的也是。"

大家纷纷表示附和，现场很快就热烈地讨论起来。左又不露声色地笑了。他三番两次刺激石见守就是想要这个结果，他要让石见守彻底厌弃伊贺忍者，最后利用职权刁难他们。

"小半藏实在是……"众人都开始直呼其名，"原本就轻贱我们，既已这般待我们了，还有什么仇什么怨连口饭都不让我们吃了。"

最后，组头安抚了众人，这次劳役要不暂缓延期，要不求个恩典最好就此作罢，夜间集会就这样结束了。

"哼。"

左哼了一声，不是不满，而是正中下怀，一切都按照自己的布局在发展。

不出所料，左仿佛成了石见守的心魔，他勃然大怒，一口就回绝了组头们的请求，没有丝毫商量的余地，

"别再来了。"石见守说道，"此事不得再议，若再犯，那二百伊贺同心的俸禄米也别想要了。"

此刻的他就像一个发热病人，组头们被呵斥一顿只好退下。那天夜里，各组都召开了集会，左也出席了自己那组集会。眼下只有两条路可走，要不接受上司的任务让妻儿饿死家中，要不大举逃离江户回到伊贺老家。

"回不去了，田地山林都没有了。"

传藏泣不成声。

"别哭了，很快就要打仗了。"

不知谁从旁冒出一句自我安慰的话，只要有战争，忍者就有存在的价值。可即便如此，单身的就罢了，已成家的挣到的钱还不知道能不能养家糊口。传藏已经老了，他一把年纪才在城里过上普通人的生活，如今已放不下这里的一切了。

"还有一条路——"

就在大家陷入僵局的时候,左缓缓开口:

"离开江户如同背叛朝廷,事后肯定会找我们算账,眼下没有战争,伊贺两百忍者的下场就是暴尸在烈日下。可如果拒绝修路又是藐视朝廷,不管怎么做都是与朝廷作对,确实棘手。"

大家盯着左滔滔不绝的巧嘴甚是疑惑,这人何时变得如此能言善道了。

"莫不如倚仗朝廷,向朝廷控诉石见守的罪状。如此既没有背叛朝廷,又能对付石见守,倘若请愿失败就跟石见守决一死战,大家一起战死如何?"

左越说越起劲。

"能赢吗?"

他们只在意能不能胜诉,输了就发难亦不是伊贺忍者所为。左点点头,"能赢。"

那天夜里,大家分头行动去说服其他组,最后将集结地点定在大半藏的菩提寺,即西念寺。

西念寺有两百伊贺同心共同的念想,这念想将他们的心紧紧拴在一起。

就在庆长元年十一月十四日,他们抬着伊贺伟人的棺椁踏进了西念寺,无法抬棺的人也在棺椁上悄悄系上一根白丝带牵在手上。下雪了，棺椁上伸出无数条白丝带，如同蜘蛛网纵横交错在雪中的送葬队伍中，庄严又肃穆。沿途的人无不惊叹于这奇异的景象，他们仿佛在观看一场异域的宗教仪式，充满了敬畏。

人们逐渐朝寺院聚拢，有人拿着火枪，有人背着弓矢，寺院的墙边密密麻麻立满了五六米长的长枪，看不到一丝缝隙。从外面看去，这个小小的寺院仿佛一下变成了刺猬。距庆长改元已经过去八年了，这一天是第八个年头的五月十日。

集结的那天早晨，二百伊贺同心齐聚于此，一个都没落下。他们中没有一人私下低语，此刻的寺院意外的安静。子时，寺中飘起一面白色的旗子，上面只有用墨笔写下的"南无"二字，下面画着伊贺甲贺忍者崇敬的摩利支天像，旗杆正插在一座墓碑上。

那座墓碑上刻着安誉西念大禅定门的法名，侧面刻着"三州住人服部石州五十五岁"的字样。服部大半藏就躺在里面，他背负着伊贺忍者的大旗，孤傲地伫立着。

左，也就是野岛平内在名义上成了这次请愿的发起人，组头们写下请愿诉求并署上平内的名字呈给了监察官，上写着如果不接受此诉求就会杀了石见守，全体战死。

变成发起人的左只能终日躲在住持的居所里，每日靠同伴送来吃食，不过吃的都是大鱼大肉。大家都明白，请愿结束后，发起人会被处以极刑，所以连吃食都与他人不同了。杣次有时会羡慕地凑上去，每当这时，左都会用筷子将他挥走，"你也想当发起人？"

杣次一听，脸色发青直摇头。伊贺同心选左当发起人不是因为想牺牲他，而是觉得此人在处刑前说不定能脱身。

请愿的指挥人是一位组头，寺院内不分昼夜在各处点起二十余堆大篝火，四谷的任何一处都能看到火焰在夜空中升起的景象。但寺院中听不到任何动静，町奉行所的人为防万一把守在附近的各个路口，就连他们也陷入一种错觉，这道墙后真的有人吗？

幕阁已乱作一团，暂且派了五名监察官前往西念寺查看情况，傍晚又遣监察官长令服部石见守登城谒见。石见守家与西念寺只相隔数町之远，傍晚，天空中弥漫着寺院升起来的篝火浓烟，甚至还有火星溅落，宛如黑压压的伊贺众正披着火星朝这边杀来。石见守害怕极了，即使使者传唤也不愿登城。他已经不敢走出家门了，仿佛一出门，就会有伊贺忍者不知从哪个路口或屋顶上窜出来行刺他。

"我不能登城，我可以去松平家……"

石见守对使者说："不行不行，你去松平家跟他们说马上安排些人手。"

他不停地念了好几遍，这事儿引起了幕阁对他的不满。

当天夜里，幕议决定先令西念寺的伊贺同心立刻解除武装，同时承诺在查明事实后满足其诉求。

"怎么办？"

"……散了吧。"

左说道，本来要对付的就不是朝廷，伊贺同心依令解散了。这种妥协也是请愿的一种战术，可以博得幕阁的好感，让服部石见守陷入更加不利的境地。

过了数日，幕阁免除了忍者修路的劳役，并解除了石见守的职务，让他从此不再统领伊贺同心。失去主君的这些伊贺忍者被拆分成六组，发配到大将大久保甚右卫门正次的帐下效力。

主谋循旧例暂由大久保甚右卫门看管，组头们也各自领了轻罚。发起人野岛平内不在此列，他依例是死罪，理应由监察官中谷重兵卫带人前往大久保处宣判。但到了第二天，这显然已经不可能了，因为就在前夜，左从大久保家失踪了。

请愿结束后，伊贺同心随即恢复了往日的平静，从仪容谈吐甚至到外貌，他们都与一般幕府武士无异，从他们身上很难再看到从前的影子了，或许是因为适应了江户城的生活，也或许是因为被拆散后势力大不如前，但不管怎样，他们失去了作为忍者的自由，在这江户城里如同种在花钵里的盆栽。他们思念家乡广阔的原野，当心中的乡愁再难抑制，服部石见守自然就成了他们爆发的对象。一旦郁结的心情得到宣泄，一切又归于平静，就连他们自己都诧异当时为何会那么做，和田传藏就是其中一人。

"真是奇怪的家伙。"

他想起了左，始终不明白这个人为何会如此憎恨服部石见守。是为了恨而恨吧，在遥远的伊贺时代，那里生活着许多这样的忍者，他们在猜忌、嫉妒、憎恨的环境中成长，也许左是他们中的最后一人了。传藏有时会在不经意间想起他，或许他只是不懂如何在江户城与普通人相处罢了。

服部石见守最后落了个凄惨的下场。

他被免官后对左恨之入骨，令家奴打探左的藏身之处。有一次外出归来行至家门附近时，偶遇一身武士装扮的左，他立即命随从围攻绞杀，见左倒地后仍不解气，用长枪柄又捅了十来回才罢休。尸体被刺得血肉模糊，连样貌都认不清了。不过这事后来被证实是假的，死的不是左，而是老中上野介本多正纯的家臣月泽氏，当时正是此人对他下达了处分的命令。

结果，大家都怀疑石见守对朝廷怀恨在心，本就一直有传言说近年在江户街头频频发生的行凶事件就是石见守所为，这下更坐实了这个传言，最后他不但惨遭改易，还被交给岳丈松平定胜看管。

之后不久爆发了大阪之战。

半藏正就兴许是想靠军功复出，于庆长二十年（元和元年，即1615年）率领定胜之军出战，但在天王寺口一役中下落不明。定胜派出人手搜索数日无果，连尸首都没有找到，于是只能视作畏战潜逃。至此，服部家彻底败落。

传藏因年老留守江户，只能听着参战归来的伊贺同心笑谈此事。

传藏半信半疑，他并不是怀疑事情的真伪，而是在想会不会是左藏起了服部正就战死的遗体伪装成下落不明的呢？但他很快又打消了这个念头，即便是左也不至于做到这个地步。虽这么想，但传藏后背仍不禁透出一股凉意。此时正值盛夏，江户城处处萦绕着苇莺的歌声。

译后记

司马辽太郎被日本人赞为"国民作家"。2000年,每日新闻社展开了主题为"20世纪铭记于心的作家"读者调查,司马辽太郎名列第一位。得知有幸翻译司马辽太郎的作品时,我自然是欣喜万分。作为一个历史专业的人,我对历史类文学作品颇感兴趣。之前,我完成了井上靖的《日本纪行》《石涛》两部译作。井上靖与司马辽太郎的历史小说都打破了通俗文学与纯文学泾渭分明的界线,诞生出新的文学体裁"中间小说"。井上靖的历史小说也颇负盛名,但我之前的经验仅限于井上靖散文体裁的文学作品,对历史题材类的翻译风格不甚了解。为此,我拜读了出版社寄来的《幕末》《坂本龙马》《新选组血风录》等司马辽太郎作品,并了解小说创作的相关历史背景。

司马辽太郎最负盛名的是明治时代前后的历史小说。他喜欢描写英雄,特别是默默无闻的人在乱世中如何开创历史成为英雄,明治时代正好就是这样的一个时代。司马辽太郎小说中的人物大多开朗。然而《最后的忍者》中描写的大多不是这样的英雄,他们是只能活在阴暗世界的特殊职业者,既无出世的希望,也不容于世俗社会。不得不说司马辽太郎很善于描写历史人物,每个忍者都有自己的故事。与雇主的关系,如何执行任务,悲剧般的命运,每个短篇的情节设计都很巧妙，将我们带到一个颠覆以往认知的忍者世界，揭开这一群体的神秘面纱。其中有四个短篇并不是写忍者的，《外法佛》是带玄幻色彩的小说，《天明画师》与《行刺芦雪》的主人公都是另类的艺术家，而最后《霍然道顿》则是以开凿大阪道顿堀的安井道顿为原型塑造出战国末期一个充满侠义之心的历史人物形象。从这四部作品也能窥见司马文学的另一面。

不管是明治时代还是战国时代，不管是否是传统意义上的英雄，我认为不变的是，司马辽太郎的小说把推动历史向前发展的人物放在革新与守旧势力博弈的环境中。明治时代的英雄自不必说，《最后的忍者》中的忍者都不过是雇主的工具，如浮萍一样辗转效力于各大名之间，即便如此他们仍有自己的骄傲，最终却因战国时代的终结而被历史洪流所抛弃。

在翻译这本小说时我力求还原日本历史中那个特殊的时代，如实反映作者历史文学的叙事风格。在本书的翻译过程中，得到许多人的支持与帮助。最后，我想向支持我翻译工作的家人和朋友表示感谢。重庆出版社的编辑魏雯老师不厌其烦地指导纠正翻译中的不当之处，大至语言风格，小至标点的使用，在整个翻译过程中始终给予我细致严谨的指点与帮助，我在这里也感谢她。

郭娜
2023年3月于重庆

附录　司马辽太郎年谱

1923年（大正十二年）
8月7日出生于大阪市浪速区西神田町879号，本名福田定一。父亲福田是定为药剂师，母亲直枝出生于奈良县北葛城郡磐城村大字竹内。

1936年（昭和十一年）13岁
修完大阪市立难波盐草普通小学的课程，升入私立学校上宫中学。自初中一年级开始就经常前往位于南区御藏迹町的市立御藏迹图书馆，一直持续至出征时期。

1941年（昭和十六年）18岁
4月，升入国立大阪外国语学校蒙语系。

1943年（昭和十八年）20岁
9月，因学生的缓期征兵制度停止而临时毕业，以学徒身份参军。

1945年（昭和二十年）22岁
8月，日本战败后复员。由于大阪市的家已在战火中焚毁，只能回到母亲的娘家。12月，入职大阪的新世界新闻社，担任社会新闻部的记者，5个月后辞职。

1946年（昭和二十一年）23岁
入职新日本新闻社(京都总社)，被分配至京都大学记者俱乐部。

1948年（昭和二十三年） 25岁
2月，因新日本新闻社倒闭而失业。5月，入职产经新闻社（京都分社），负责大学、宗教方面的新闻。

1950年（昭和二十五年） 27岁
6月，发表《我的一生恰如夜光蝾螺》。11月，发表《国宝学者之死》。

1951年（昭和二十六年） 28岁
6月至9月在《佛教徒杂志》上连载《扬起正法之旗——战国三河门徒物语》。

1952年（昭和二十七年） 29岁
3月，发表《流亡的传道僧》。6月，发表《长安的夕照——父母恩重经物语》。7月，调任至产经新闻社大阪总社地方部。

1953年（昭和二十八年） 30岁
5月，任职文化部负责美术和文学领域。6月，发表《包子传来记》。同年约11月至1955年4月左右署名"风神"在《大阪新闻》文化版执笔《文学地带》《忠臣藏》等专栏。

1955年（昭和三十年） 32岁
9月，以本名福田定一出版《名言随笔工薪族》。

1956年（昭和三十一年） 33岁
5月，以笔名司马辽太郎执笔《波斯国的魔法师》，参加讲谈社的有奖小说征集，获第8届讲谈俱乐部奖。

1957年（昭和三十二年） 34岁
5月，发表《戈壁的匈奴》。9月，发表《井池附近》。12月，发表《兜率天的巡礼》《大阪商人》。

1958年（昭和三十三年）35岁
1月，发表《伊贺源与好色仙人》。4月，发表《大阪丑女传》。4月至次年2月，在《中外日报》上连载《有枭的都城》(后更名为《枭之城》)。7月，发表《猎寻瓷器》《长屋私通》，出版中短篇集《白色欢喜天》。

1959年（昭和三十四年）36岁
1月，与产经新闻文化部记者松见绿结婚。4月，发表《大阪武士》。5月，发表《复仇清算》(后更名为《难波村的复仇》)。7月，发表《审判间谍》。8月，发表《小偷名人》。9月，出版《枭之城》。10月，发表《十日菊》《盗贼、女人与间谍》。12月，从八尾市的父母家搬至大阪市西区西长堀南五丁目的大型公寓(西长堀公寓)。同月发表《名店"法驾笼"与夫人》《雇佣忍者》《好色的神灵》，出版中短篇集《大阪武士》。

1960年（昭和三十五年）37岁
1月，凭借《枭之城》获得第42届直木奖，就任文化部部长。于同月至8月在《周刊公论》上连载《上方武士道》(后更名为《花见花开的上方武士》)。2月，发表《小姐与好斗之人》。3月，发表《外法佛》。同月至次年2月在《周刊产经》上连载《风之武士》。4月，发表《冥加斋的武术》《庄兵卫稻荷》《轩猿》《花妖谭》《大阪巫女町的新娘》。6月，发表《霍然道顿》。7月，发表《最后的伊贺忍者》，同月至8月在《周刊文春》上连载《猪与蔷薇》。8月至次年7月在《讲谈俱乐部》上连载《战云之梦》。10月，发表对谈《〈大阪武士〉发售》、《婚外情》。11月，发表《朱砂盗》《壬生狂言之夜》，出版《猪与蔷薇》《上方武士道》、中短篇集《最后的伊贺忍者》。12月，发表《牛黄加持》。

1961年（昭和三十六年）38岁

1月,发表《八尺鸟》《飞加藤》。3月,任职出版局副局长,从产经新闻社辞职,发表《果心居士的幻术》《杂贺的船形火绳枪战车》。4月,出版中短篇集《果心居士的幻术》。5月,发表《忍者四贯目之死》,出版《风之武士》。6月,发表《可怕的武士》,同月至次年4月,连载《风神之门》。7月,发表《沽名钓誉的团右卫门》《待价而沽物语》。8月,发表《弓张岭的占卜师》,出版《战云之梦》。10月,发表《啊！大炮》《贪玩女子物语》,出版中短篇集《啊！大炮》。11月,发表《岩见重太郎家谱》《伊贺四鬼》,同月至次年1月连载《古寺火灾》。12月,发表《武士大将的胸毛》《招雨的女子》,同月至次年11月连载《魔女的时间》。

1962年（昭和三十七年）39岁

1月,发表《新春漫谈》《京都的剑客》。2月,发表《斩狐》《一夜官女》。3月,发表《大夫殿坂》,出版中短篇集《一夜官女》。4月,发表《真实的官本武藏》《越后之刀》《觉兵卫物语》。5月,发表《螺号与女子》《信九郎物语》,同月至次年12月在《小说中央公论》上连载《新选组血风录》。6月,发表《暗杀冷泉》,同月至1966年5月连载《龙马奔走》。8月,发表《理心流异闻》。9月,发表《花房助兵卫》《奇妙的剑客》,同月至12月连载《剑风百里》,后因杂志停刊未连载完。之后加以修改原定出版,最终未能实现。10月,发表《若江堤之雾》(后更名为《木村重成》)、《我是菩萨化身的神》,出版《古寺火灾》。11月,出版中短篇集《真实的官本武藏》,同月至1964年3月在《周刊文春》上连载《燃烧吧！剑》。12月,出版《风神之门》。

1963年（昭和三十八年）40岁

1月,发表《伊贺忍者》,同月至12月发表《幕末暗杀史》(后更名为《幕末》)。3月,发表《打碎吧！城池》。5月,发表《上总的剑客》。6月,发表《军师二人》《千叶周作》。7月,出版《龙马奔走 立志篇》,同月至次年7月在《周刊读卖》上连载《英勇不屈的孙市》。8月至1966年6月连载《国盗物语》。10月,发表《截断历史》,出版中短篇集《花房助兵卫》,同月至1965年1月发表《功名十字路》,同月至1964年9月连载《大阪物语》。12月,发表《英雄儿郎》,出版中短篇集《幕末》。

1964年（昭和三十九年）41岁

1月,发表《试剑》。2月,发表《庆应长崎事件》《鬼谋之人》,出版《龙马奔走 风云篇》。3月,发表《杀手以藏》,出版《燃烧吧！剑》。4月,发表《五条阵屋》,出版《新选组血风录》。5月,出版《燃烧吧！剑 完结篇》。6月,发表《肥前的妖怪》《侠客万助奇闻》。7月,发表《好斗草云》,同月至1966年8月连载《关原》。10月,发表《如果是真的就太好了》《天明年间的绘师》《爱染明王》。11月,发表《恰好十六岁——近藤勇》《伊达的黑船》,出版《龙马奔走 狂澜篇》。12月,发表与大宅壮一、三岛由纪夫的座谈《失败者复活奥运会》、《醉侯》,出版《英勇不屈的孙市》。

1965年（昭和四十年）42岁

1月至10月连载《北斗之人》,同月至7月发表《窈城物语》《行刺芦雪》。2月,发表《命运飘摇》。3月,发表对谈《电影革命相关的对话》、《加茂之水》,出版中短篇集《醉侯》。4月,发表对谈《开创近代日本的十位宗教人物》。5月,发表《绚烂之犬》,同月至1966年4月连载《俄——浪华游侠传》。6月,发表《仓敷的少爷》,出版《功名十字路 上卷》。7月,出版《功名十字路 下卷》。8月,出版《龙马奔走 怒涛篇》。9月,发表《阿姆斯特朗炮》《王城的护卫者》《侍妾保卫战》,出版《窈城物语》,同月至1966年11月连载《第十一位志士》。11月,出版《国盗物语 第一卷 斋藤道三（前篇）》,同月至1966年4月出版《司马辽太郎选集》。

1966年（昭和四十一年）43岁

1月,出版《国盗物语 第二卷 斋藤道三(后篇)》《北斗之人》。2月至1968年3月,连载《新史太阁记》,同月至1968年4月连载《九郎判官义经》(后更名为《义经》)。3月,出版《国盗物语 第三卷 织田信长(前篇)》。6月,发表《最后的将军——德川庆喜》(即后来的《最后的将军》第一部),出版《现代文学19 司马辽太郎集》。7月,发表对谈《日本商人》,出版《国盗物语 第四卷 织田信长(后篇)》。8月,出版《龙马奔走 回天篇》。9月,发表对谈《我喜爱的维新人物》、对谈《维新变革的意义》、《权谋之都》(即后来的《最后的将军》第二部)。同月22日至1967年5月连载《夏草赋》。同月至1967年7月连载《丰臣家族》。10月,凭借《龙马奔走》《国盗物语》获第14届菊池宽奖。同月,发表《美浓的流浪武士》,出版《关原 上卷》。11月,出版《关原 中卷》《关原 下卷》,同月17日至1968年5月连载《山岭》,同月至1967年4月出版《司马辽太郎杰作系列》(全七卷 讲谈社)。12月,发表《德川庆喜》(即后来的《最后的将军》第三部)。

1967年（昭和四十二年）44岁

1月,发表对谈《现代与维新的力量》、与远藤周作的对谈《明治百年的诞生》。2月,出版《第十一位志士》。3月,出版《最后的将军——德川庆喜》。4月,发表对谈《吉田松阴与松下村塾》。6月,发表《要塞》(即后来的《殉死》第一部)。同月至1968年4月,连载《妖怪》,同月至10月,连载《日本剑客传——宫本武藏》。8月,发表对谈《幕末漫谈》。9月,发表与水上勉的对谈《旅途故事》、《切腹》(即后来的《殉死》第二部),出版《彩色版 国民文学26 司马辽太郎》。11月,出版《殉死》。12月,发表《小室某某笔记》,出版《丰臣家族》。

1968年（昭和四十三年）45岁

1月,凭借《殉死》获得第9届每日艺术奖,发表与武田泰淳、安冈章太郎、江藤淳的座谈《所谓的日式物品是怎样的》、对谈《维新人物》。同月至12月,连载《历史纪行》,同月至1969年11月,连载《英雄们的神话》(后更名为《岁月》)。2月,发表与井上靖、松本清张的座谈《乱世中的武将们》。3月,出版《新史太阁记》(前篇)、《日本侠客传 上卷》(合著)、《新史太阁记》(后篇)。4月至1972年8月,连载《坂上之云》。5月,出版《义经》、中短篇集《王城的护卫者》。6月,发表《故乡难忘》。7月,发表与花田清辉、武田泰淳的座谈《如何看待革命与大众》,出版《现代长篇文学全集45 司马辽太郎Ⅰ》,同月至1969年4月,连载《大盗禅师》。8月,发表《斩杀》。10月,发表对谈《大阪腔是方言的代表》、《胡桃与酒》,出版《故乡难忘》《现代长篇文学全集46 司马辽太郎Ⅱ》《山岭 前篇》《山岭 后篇》。12月,发表《马上少年过》。

1969年（昭和四十四年）46岁

1月10日发表与海音寺潮五郎的对谈《鲜活的战国时代》、对谈《日本飞跃的爆发力》。2月,凭借《历史纪行》获得第30届文艺春秋读者奖,同月,出版《历史纪行》。同月至1970年12月,连载《人世间的日子》。3月29日发表与江藤淳的对谈《日本人的道德——其消亡与复活》。4月,发表对谈《对话/萌芽》、《城内怪奇》,出版《坂上之云 第一卷》。5月,出版《妖怪》。6月,发表对谈《文学、历史、信仰》、《貂皮》,出版《与70年历史的对话Ⅰ》(合著)、《亲手挖掘的日本史》。7月,出版《大盗禅师》,同月至1971年10月,连载《城塞》。8月,发表与中山伊知郎的对谈《幕末与现代》、与河上彻太郎的对谈《蹚过动乱之河的青春》,出版《历史与小说》。9月至1979年担任日本文学振兴会理事(直木奖评审委员)。同月发表对谈《探寻日本人的原型》。10月,出版《日本文学全集40 有吉佐和子、松本清张、水上勉、北杜夫、濑户内晴美、司马辽太郎》,同月至1971年11月发表《花神》。11月,出版《坂上之云 第二卷》《岁月》。12月,发表与江藤淳的对谈《明治维新与英雄们》、《日本人的行动美学》。

1970年（昭和四十五年）47岁

1月，发表《日本是"无思想时代"的先驱》，出版《盘点日本历史》，同月至1971年9月发表《霸王之家》。2月，发表对谈《"若无其事民族"的强大》。3月，发表与上田正昭、金达寿、汤川秀树的座谈《关于神官与神社》、对谈《日本人的心、日本人的剧》、与梅原猛的对谈《西方向东方学习的时代》，出版《彩色版 日本传奇名作全集 15 司马辽太郎》。4月，发表《打破政治家的禁忌》。5月，发表《重庵之辗转》。6月，发表《民族与新闻》《政治没有"教科书"》《关于佛教与寺院》，出版《坂上之云 第三卷》。7月，发表对谈《信息化时代的读书》。8月，发表《中世的环境》、对谈《"公害维新"的志士》、《花之馆》，出版《马上少年过》。9月，发表《与美国打交道的方法》、对谈《保健养生家 家康》。10月，发表对谈《年轻人脱离集体的时代》，出版《新潮日本文学 60 司马辽太郎集》《花之馆》。11月，发表对谈《人类终结论》《哲学与宗教之间》。

1971年（昭和四十六年）48岁

1月，发表与鹤见俊辅的对谈《历史中的狂与死》、《"猴子"穿西装的时代》。同月至1996年在《周刊朝日》上连载《街道漫步》（共1147辑）。3月，发表《"人工日语"的功与过》。4月，出版《坂上之云 第四卷》。5月，发表《东京、大阪"我们是异类人种"》，出版《人世间的日子 第一卷》。6月，发表对谈《思考日本人1 权力构造》《千石船入门》《拯救人类的将是非洲人》《关于飞鸟》，出版《人世间的日子 第二卷》《司马辽太郎短篇总集》。7月，发表对谈《思考日本人2 公司及周边》，出版《人世间的日子 第三卷》《日本文学全集43 山本周五郎、司马辽太郎》。8月，发表对谈《思考日本人3 政治态度和思想》，出版对谈集《思考日本人》。9月，发表《发现人类》及与陈舜臣的对谈《思考日本人4 中国观》，同月出版《街道漫步 — 长州路及其他》。同月至1974年4月出版《司马辽太郎全集》（第一期全32卷）。11月，发表对谈《思考日本人5 新闻论》。12月，发表对谈《思考日本人6 追本溯源》，出版《城塞上卷》。

1972年（昭和四十七年）49岁

1月,发表对谈《探索日本人的可能性》,出版《城塞 中卷》,同月至1976年9月连载《宛如飞翔》。2月,发表对谈《现代日本没有"文明"》《大乐源太郎的生死》,出版《城塞 下卷》。3月,凭借《人世间的日子》等作品获第6届吉川英治文学奖,发表对谈《日本人啊,回归"武士"吧》《乱世中的人物形象》。4月,发表与井上靖的对谈《新闻记者与作家》,出版《街道漫步 二 韩国纪行》。5月,发表《有邻是恶人》,出版对谈集《日本人和日本文化》《花神 第一卷》。6月,发表《关于高松塚壁画古坟》,出版《坂上之云 第五卷》《花神 第二卷》。7月,发表对谈《日本人从何处来》《徒然草与其时代》,出版《花神 第三卷》。8月,发表对谈《日本人是如何形成的》,出版《花神 第四卷》。9月,出版《坂上之云 第六卷》。11月,发表与江藤淳的对谈《胜海舟 其人与时代》,出版《座谈会 日本的朝鲜文化》(合著)。12月,发表与江藤淳的对谈《织田信长、胜海舟、田中角荣》。

1973年（昭和四十八年）50岁

1月,发表对谈《日本史中的人生达人》《日本宰相论》、与松本清张的对谈《日本的历史和日本人》,同月至1975年9月,连载《空海的风景》。2月,出版《街道漫步 三 陆奥及其他》。3月,发表《关于古代的文化和政治》。4月6日,发表《不失野性的民族方能生存》,同月,发表《失败者的风景》《从不良青年到寺盗物语》,同月至7月,连载《关于人类的集体》。5月,就任日本笔会理事,同月至1975年2月,发表《播磨滩物语》。7月19日,发表《越南民族与其未来》,同月,发表《日本人的世界构想》。10月,出版《思考历史》《霸王之家 前篇》《霸王之家 后篇》。12月,发表《公元四、五世纪的日本》。

1974年（昭和四十九年）51岁

1月,出版《街道漫步 四 京都北诸街道及其他》。3月至4月,连载《思考日本和日本人》。4月,出版《昭和国民文学全集30 司马辽太郎集》。5月,出版《历史中的日本》。6月,发表《汉氏及其遗迹》《从琉球弧思考日本人》。8月,发表《公家与武家》《东夷北狄与农耕中国二千年》。9月,发表《山上忆良与〈万叶集〉》,出版《座谈会 古代日本与朝鲜》(合著)。10月,出版《历史与视角——我的杂记》《街道漫步 五 蒙古纪行》《谈谈吉田松阴》。

1975年（昭和五十年）52岁

1月,发表对谈《追溯日语起源的秘密》《关西式发音是日语的鼻祖》《日本的土木与文明》,同月至2月,发表《聚焦我们生存的时代》。3月,发表《日本人的形象及风格是如何形成的》。4月,发表《土地应该公有》《关于取材》《光明磊落的古代日本与朝鲜关系》,同月,出版《街道漫步 六 通往冲绳、先岛之路》。6月,出版《播磨滩物语 上卷》《座谈会 日本的外来文化》(合著)。7月,出版《播磨滩物语 中卷》。8月,发表《自省的历史和文化》,出版《播磨滩物语 下卷》。10月,发表《关于日本的土地和农民》,出版《空海的风景 上卷》《题外话》,同月至1976年7月连载《中国之旅》(后更名为《从长安到北京》)。11月,出版《空海的风景 下卷》。12月,发表《鬼灯——摄津守的叛乱》,出版《鬼灯——摄津守的叛乱》《宛如飞翔 第一卷》。

1976年（昭和五十一年）53岁

1月,发表《既近又远的国度 谈谈朝鲜半岛》《南方文化在日本》《日本的母语即各地的方言》《从内看日本、从外看日本》《历史中的人类》,出版《现代日本文学 II9 司马辽太郎集》。2月,出版《宛如飞翔 第二卷》。3月20日,发表《大河的中国文明 从革命中看其变化》,出版《宛如飞翔 第三卷》《街道漫步 七 铁矿砂之路及其他》。4月,因《空海的风景》等一系列的历史小说获得昭和五十年度日本艺术院奖（文艺部门）恩赐奖，发表《用动作表达的日本人》，出版《宛如飞翔 第四卷》。5月，发表《从地球内部看日本文化》《谈谈空海、芭蕉、子规》。7月，发表《黑柳彻子的倾力对谈》《日本的"公"与"私"》。8月，发表《瓦解现代资本主义的土地问题》《中日历史之旅》，出版《土地与日本人》《宛如飞翔 第五卷》。9月，发表《法隆寺和圣德太子》《义经等》《木曜岛的夜会》，出版《宛如飞翔 第六卷》。10月，父亲是定去世，出版《从长安到北京》。11月，发表《法人资本主义与土地公有论》《有毛泽东在的风景》，出版《宛如飞翔 第七卷》，同月至1979年1月，连载《蝴蝶梦》。

1977年（昭和五十二年）54岁

1月，发表《田中角荣和日本人》《年轻的日本不可思议的特性》，同月至1979年5月连载《汉风楚雨》。2月，发表《日本不需要圣人和天才》。3月，发表《外来文化与日本民族》《西乡隆盛——虚构与真实之间》，出版《街道漫步 八 种子岛之路及其他》。4月，发表《新都鄙问答——大礼服和路边象棋之间》，出版中短篇集《木曜岛的夜会》、与小田实的对谈集《生存在天下大乱中》。5月，发表《诸恶的根源土地问题可有解决之法》《经国大业》，出版《筑摩现代文学大系 84 水上勉、司马辽太郎集》。7月，发表《新日本人论》《现在我们如何展现日本》。8月，发表《大阪外国语学校》。9月，发表《西乡隆盛 谈谈其魅力》《关于古代炼铁与朝鲜》。10月，发表《日本文化与朝鲜文化》。11月，出版《街道漫步 九 信州佐久平之路及其他》。

1978年（昭和五十三年）55岁

1月1日，发表《开花的古代吉备》。同月，发表与陈舜臣的对谈《丝绸之路 历史和魅力》。3月，出版和陈舜臣的对谈集《对谈 思考中国》。4月，发表《龙马的魅力》，出版《日本人的内与外》。5月，发表《日本人将走向何方》《中国宛如飞翔 漫步晚春的江南》。7月，发表《武士与商人》《世界中的日本文化》。8月，出版《西域行》(与井上靖合著)。10月,发表对谈《能否在现代乘风破浪 初开国门的"世界正宗"——中国》,同月,出版《日语和日本人》《座谈会 朝鲜与古代日本文化》。

1979年（昭和五十四年）56岁

1月,发表对谈《镰仓武士与全力守护的封地》。4月至1982年1月,发表《油菜花的海上》。5月,出版《新潮现代文学46 司马辽太郎集》《日本人将走向何方》。7月,发表《最边远的历史和心》,出版《蝴蝶梦 第一卷》。8月,发表《日本人的异国交际》,出版《蝴蝶梦 第二卷》,同月至1981年2月,连载《人们的足音》。9月,出版《古往今来》《蝴蝶梦 第三卷》《街道漫步 十一 肥前的诸街道》。10月,发表《天下权力的转折点时期人们的生存状况》,出版《蝴蝶梦 第四卷》。11月,出版《蝴蝶梦 第五卷》。12月,发表《难波的古代文化》《〈宛如飞翔〉与西乡隆盛周边》。

1980年（昭和五十五年）57岁

1月,发表《伊朗革命的文明冲击》。2月,发表《在萨摩指宿和苗代川》。4月,发表《中世濑户内的风景》《为何由近变远》。5月,发表《〈项羽与刘邦〉的时代》。6月,出版《项羽与刘邦 上卷》。7月至8月连载《推动日本的超级名人》,出版《项羽与刘邦 中卷》。8月,出版《项羽与刘邦 下卷》。9月,出版《街道漫步 十二 十津川街道》。11月,出版《从历史的世界》。

1981年（昭和五十六年）58岁

1月,发表《黄尘一千二百年》。2月,发表《日本人从何而来》。3月,出版《丝绸之路 第六卷 民族的十字路 伊犁、喀什》(与NHK取材班合著)。4月,出版《街道漫步 十三 壹岐、对马之路》。5月,出版《历史夜话》。6月,出版《街道漫步 十四 南伊予、西土佐之路》。7月,出版《人们的足音 上卷》《人们的足音 下卷》《街道漫步 十五 北海道诸道》。9月18日,发表《西伯尔罕的黄金解开大月氏国之谜》。11月,出版《街道漫步 十六 比叡山诸道》。12月15日,当选日本艺术院会员。

1982年（昭和五十七年）59岁
1月,发表《新科学时代波涛汹涌的意识改革》《日本人旺盛的求知欲》。2月,凭借《人们的足音》获第33届读卖文学奖（小说奖）。3月,发表《青春与未来 首次对话〈过去的我〉和〈日本人论〉》《我的〈青青山脉〉时代的乡愁和〈此后的日本〉》,出版《街道漫步 十七 岛原、天草诸道》。6月,发表《倾听历史的足音》,出版《油菜花的海上 第一卷》,同月至1983年12月发表《箱根之坂》。7月,出版《街道漫步 十八 越前诸道》《油菜花的海上 第二卷》。8月20日,发表《如果从教材中抹杀现实主义国家将会消亡》,27日,发表《当今世界都在追问"无原则的日本人"的真相》,同月,出版《油菜花的海上 第三卷》。9月,出版《油菜花的海上 第四卷》。10月,出版《街道漫步 十九 中国江南之路》《油菜花的海上 第五卷》。11月,出版《油菜花的海上 第六卷》。

1983年（昭和五十八年）60岁
1月,因革新历史小说的功绩获得昭和五十七年度朝日奖,同月,出版《街道漫步 二十 中国蜀地和云南之路》。2月,发表与陈舜臣、金达寿的座谈《日本、朝鲜、中国》。4月至1984年9月,出版《司马辽太郎全集》。5月,出版《街道漫步 二十一 神户、横滨散步及其他》。6月,发表《21世纪的危机——"少数者"的叛乱遍布地球》。7月,出版《理解日韩之路》《指南 街道漫步 近畿篇》。9月,出版《指南 街道漫步 东日本篇》。10月,发表对谈《宇航员和空海》。11月发表与大冈信的对谈《重新审视中世歌谣》,出版《指南 街道漫步 西日本篇》。

1984年（昭和五十九年）61岁
1月,发表与桑原武夫的对谈《东西文明的邂逅》、对谈《昭和的时代及人》，同月至1987年8月，连载《鞑靼疾风录》。2月至3月，发表《日韩首尔座谈会》。3月，发表《直面空海之谜》《日本人心中的奈良》，出版《微光中的宇宙——我的美术观》《街道漫步 二十二 西班牙、葡萄牙之路Ⅰ》《历史的舞台——多样的文明》。4月，出版《在历史的十字路口 日本、中国、朝鲜》《箱根之坂 上卷》。5月，就任日本文艺家协会理事，同月发表《谈谈琵琶湖》，出版《箱根之坂 中卷》《街道漫步 二十三 西班牙、葡萄牙之路Ⅱ》。6月，凭借《街道漫步 西班牙、葡萄牙之路》获第一届新潮日本文学大奖学艺奖，同月出版《箱根之坂 下卷》。7月发表与陈舜臣、森浩一、松原正毅的座谈《在中国福建省探寻日本文化之根》。9月，发表《触摸濑户以及海的丰饶》。10月，发表与陈舜臣的对谈《各代文明的魅力》。11月，出版《街道漫步 二十四 近江、奈良散步》。

1985年（昭和六十年）62岁

1月，出版《街道漫步 西班牙、葡萄牙之路——追寻沙勿略》。4月，发表《日本人和京都》，出版《日韩首尔的友情——通往理解之路 PartⅡ》（合著）。同月至5月，连载《美国素描 第一部》。5月，出版《街道漫步 二十五 中国福建之路》。9月至12月，发表《美国素描 第二部》。10月，发表《白川之水即历史之洪流》，同月，发表与大江健三郎的对谈《师徒的风采——围绕吉田松阴和正冈子规》。11月，发表《现在为何是"日本的古代"》，出版《街道漫步 二十六 嵯峨、仙台、石卷散步》。

1986年（昭和六十一年）63岁

3月，获第37届NHK放送文化奖，出版《日本历史文学馆13 播磨滩物语》，同月至1996年4月，连载《这个国家》。4月，发表《昭和的60年和日本人》，出版《美国素描》。5月至1996年2月，连载《风尘抄》。6月，出版《关于俄国——北方的原形》《街道漫步 二十七 因幡、伯耆之路、梼原街道》。9月，就任大阪国际儿童文学馆理事。11月,出版《街道漫步 二十八 耽罗街道》。

1987年（昭和六十二年）64岁
1月,发表《日本人和国际化》。2月,凭借《关于俄国——北方的原形》获第38届读卖文学奖(随笔、纪行奖),发表《西方的文明和现实主义》《日本的选择》。8月,出版《昭和文学全集18 大佛次郎、山本周五郎、松本清张、司马辽太郎》。9月,出版《街道漫步 二十九 秋田县散步、飞騨纪行》。10月,发表《近代日本和新闻》,出版《鞑靼疾风录 上卷》。11月,出版《鞑靼疾风录 下卷》。

1986年（昭和六十三年）65岁
1月,发表与开高健的对谈《若从世界的天花板(蒙古)眺望……互相争执的"文明"与"文化"》。2月,发表《日本崩溃在于地价暴涨》。4月,就任和辻哲郎文化奖评委,发表《多样的中世形象、日本形象——探索日本人的源流》。6月,出版《街道漫步 三十 爱尔兰纪行I》《街道漫步 三十一 爱尔兰纪行II》。7月,因"通过《坂上之云》等作品明确了明治时代到底是怎样的时代"获得第14届明治村奖。10月,凭借《鞑靼疾风录》获第15届大佛次郎奖,发表《发现"近世"》。

1989年（昭和六十四年/平成元年）66岁
1月,发表对谈《"亚洲弧"把握新生之关键的开放中国》。3月,发表《狂人美学》,出版《司马辽太郎〈街道漫步〉人名、地名录》。5月,发表《洪庵的松明》《致生活在21世纪的你们》。6月,就任日本近代文学馆常务理事,出版《街道漫步 三十二 阿波纪行、纪川流域》。8月,发表对谈《我们如此不同又如此接近》。9月,出版《"明治"国家》。10月,发表与平山郁夫的对谈《日本、日本人、日本文化》,同月至11月,发表《时代轮回之时》。11月,出版《街道漫步 三十三 奥州白河、会津之路及其他》。

1990年(平成二年)67岁

1月,发表对谈《谈谈蒙古的人和历史》、与井上靖的对谈《向历史学习 展望21世纪》、《好的电视剧》。3月,发表《以"明治国家"攻击无"公"的平成》,出版《这个国家 — 1986—1987》。4月,出版《街道漫步 三十四 中津、宇佐之路及其他》。5月,发表《论独创性头脑——日本人该换换精神的电池》。9月,出版《这个国家 二 1988—1989》。11月,出版《东与西》。同月至12月,发表《蒙古素描》。

1991年(平成三年)68岁

1月,发表《从落语看上方和江户》。3月,就任日本中国文化交流协会代表理事,同月,发表与堀田善卫、宫崎骏的座谈《听见时代的风声》,出版《街道漫步 三十五 荷兰纪行》。4月,发表与休·科塔齐的对谈《英国的经验 日本的智慧》,同月至1992年2月连载《草原记》。7月,发表《对近世人而言的"奉公"》。11月,被表彰为文化功劳者,出版《春灯杂记》。

1992年(平成四年)69岁

1月,发表《日本的航向 从历史中探索》。3月,发表《遥望俄国》、与堀田善卫、宫崎骏的座谈《致"二十世纪人类"的处方笺》。4月,出版《街道漫步 三十六 本所、深川散步、神田一带》《世界中的日本——回溯至十六世纪》。5月,出版《这个国家 三 1990—1991》。6月,出版《草原记》。10月,发表《如果以幽默开始》《民族的原貌 国家的形象》。11月,出版与堀田善卫、宫崎骏的座谈集《时代的风声》。12月,发表《新闻和历史的可能性》,出版《街道漫步 三十七 本乡一带》。

1993年(平成五年)70岁

1月,发表《新宿的〈万叶集〉》《二十世纪末的暗与光》。3月,出版对谈集《和八人的对话》。8月,发表对谈《文明的形态》,出版《街

道漫步 三十八 鄂霍次克街道》。10月,出版《十六话》。11月,被授予文化勋章。12月,授权发行电子书《街道漫步 1 长州路及其他》。

1994年（平成六年）71岁

1月,发表《骑马民族来过吗》。2月,出版《街道漫步 三十九 纽约散步》。7月,出版《这个国家 四 1992—1993》。11月,出版《街道漫步 四十 台湾纪行》。

1995年（平成七年）72岁

1月,发表《超越地球时代的混乱》。2月,发表《绳文人的精神世界》。6月,发表《宗教和日本人》《日本——由〈近代的终结〉思考明治》。7月,发表《"昭和"做错了什么》,出版《九个问答》。9月,发表《好的日语 坏的日语》。10月,发表《在昭和道寻井》。11月,出版《街道漫步 四十一 魅力北方》。

1996年（平成八年）

1月,发表与河合隼雄的对谈《日本人心灵的方向》、与宫崎骏的对谈《豆豆龙的森林中的闲谈》、与井上厦的对谈《问问日本人的才干》、对谈《雪之沙漠 青森》。2月10日凌晨,在家中吐血。11日,被救护车送进医院接受紧急手术。12日下午因腹部大动脉瘤破裂去世。13日,自正午开始在家中举行密葬告别仪式,法名"辽望院释净定"。3月10日,司马辽太郎送别会在大阪皇家宾馆举行,有3300人参加。同月1日,与田中直毅的对谈《致日本人的遗言"住专"问题是经济败战》发表。同月,《这个国家 五 1994—1995》出版。4月,《异国和锁国》发表。5月,《风尘抄 二》出版。6月,《街道漫步 四十二 三浦半岛记》出版。7月,与井上厦的对谈集《国家、宗教、日本人》出版。9月,《这个国家 六 1996》出版。11月,财团法人司马辽太郎纪念财团成立,《司马辽太郎谈日本——未公开演讲录珍藏版》发表。同月,《街道漫步

四十三 浓尾、参州记》出版。

1997年（平成九年）

2月,对谈集《致日本人的遗言》出版。3月,《日本是什么——宗教、历史、文明》出版。7月,《司马辽太郎谈日本——未公开演讲录珍藏版Ⅱ》发表。12月,《司马辽太郎谈日本——未公开演讲录珍藏版Ⅲ》发表。

1998年（平成十年）

3月,《"昭和"国家》《司马辽太郎——致亚洲的信》出版。8月2日,司马辽太郎的墓碑在净土真宗本愿寺派大谷本庙——南谷（京都市东山区五条桥东）安放（此处是他作为新闻记者度过六年青春时期的地方）,举行了骨灰存放法事。10日,《司马辽太郎谈日本——未公开演讲录珍藏版Ⅳ》发表。10月,《历史与风土》出版,同月至2000年3月,《司马辽太郎全集》出版（第三期 全18卷）。11月,《司马辽太郎的杂志言论100年》出版（合著）。12月,《人为何物》出版。

1999年（平成十一年）

2月,《司马辽太郎谈日本——未公开演讲录珍藏版Ⅴ》发表。7月,《司马辽太郎谈日本——未公开演讲录珍藏版Ⅵ》发表。12月,《司马辽太郎的来信》发表。

2000年（平成十二年）

2月,《另一部〈风尘抄〉——司马辽太郎、福岛靖夫往来书信》出版。7月,《司马辽太郎全演讲1964—1983 第一卷》出版。8月,《司马辽太郎全演讲1984—1989 第二卷》出版。9月,《司马辽太郎全演讲1990—1995 第三卷》出版。10月10日,《司马辽太郎的来信 完结篇》发表。

2001年（平成十三年）

2月，中短篇集《波斯国的魔法师》出版，《光影记录 历史的旅人 司马辽太郎的泰晤士纪行》出版。3月，《虽然无用》出版。9月，《司马辽太郎的思考1 随笔1953.10—1961.10》出版。11月1日，司马辽太郎纪念馆正式开放，同月，《司马辽太郎的思考2 随笔1961.10—1964.10》出版。12月，《司马辽太郎的思考3 随笔1964.10—1968.8》《〈司马辽太郎 街道漫步〉精选&索引 单行本、文库本两用总索引》出版。

2002年（平成十四年）

1月，《司马辽太郎的思考4 随笔1968.9—1970.2》出版。2月，《司马辽太郎的思考5 随笔1970.2—1972.4》出版。3月，《司马辽太郎的思考6 随笔1972.4—1973.2》出版。4月，《司马辽太郎的思考7 随笔1973.2—1974.9》出版。5月，《司马辽太郎的思考8 随笔1974.10—1976.9》《朝日选书703 司马辽太郎 旅途之语》出版。6月，《司马辽太郎的思考9 随笔1976.9—1979.4》出版。7月，《司马辽太郎的思考10 随笔1979.4—1981.6》出版。8月，《司马辽太郎全舞台》《司马辽太郎的思考11 随笔1981.7—1983.5》出版。9月，《司马辽太郎的思考12 随笔1983.6—1985.1》出版。10月，《司马辽太郎的思考13 随笔1985.1—1987.5》出版。11月，《司马辽太郎的思考14 随笔1987.5—1990.10》《司马辽太郎对话选集1 关于这个国家的起源》出版。12月，《司马辽太郎的思考15 随笔1990.10—1996.2》《司马辽太郎对话选集2 推动历史的力量》出版。

2003年（平成十五年）

1月，《司马辽太郎对话选集3 日本文明的形态》出版。3月，《司马辽太郎对话选集4 日本人是什么》《司马辽太郎对话选集5 亚洲中的日本》出版。